나로 살아도 괜찮아

딸, 엄마 그리고

나로 살아가는 성장 에세이

프롤로그

"아픔, 그것은 나를 그곳으로 돌아가지 않게 했다."

'No pain no gain' (아픔 없이 인생 없다.)

나는 사실 이 말을 좋아하지 않는다. 하지만 인생의 진리임에는 분명하다. 세상의 모든 열매는 아픔을 수반하고 모습을 드러내기 때문이다. 아이의 탄생이 그렇고, 피나는 노력을 통해 원하는 목표에 도달하는 것들이 그 예라고 할 수 있다.

아픔은 원하든, 원하지 않든 찾아온다. 각자가 원해서 태어나 사는 게 아닌 것처럼…. 그렇게 보면 세상에 모습을 드러낸 그 자체가 아픔이 아닐까? 그런데도… 우리는 주어진 인생을 살아내야 한다.

누구나 인생이 편안하게 흘러가기를 바라고, 기쁨만 계속되길 원한다. 하지만 그건 '바람' 뿐이라는 것도 우리는 안다. 인생에서는 고난과 아픔을 피해 갈 수 없다. 하지만 예고하지 않고 오는 '아픔'이란 녀석을 통해 우린 삶을 더 진중하게 대하고, 삶에 대한 태도와 자세를 결정한다. 결국, 아픔으로 인해 인생이 성장하고, 성숙한 모습을 갖게 된다.

고난과 아픔이 주어지는 당시에는 모른다. 원망할 수도, 불평할 수도 있다. 하지만 지나고 나면 왜 그때 그런 일이 일어났는지 깨닫게 되는 경우가 많다. 그리고 그 끝에서 모든 것이 나쁜 일은 아니었음을 알게 된다.

누구나 세상에 태어날 때는 누군가의 딸이나 아들로 태어난다. 그리고 엄마, 아빠가 된다. 그 역할을 살면서 맺어지는 관계 속에서 아픔과 기쁨을 느끼며 자신을 단련시켜 나간다.

나 또한 내 엄마의 딸로 태어났다. 그리고 지금 남편의 아내가 되었다. 주어지는 나의 역할을 멋지게 해내야지 생각하며 살면서 지금의 나로 살고 있다. 적지 않은 세월 속에 많은 아픔을 겪고, 비로소 난 일어서는 방법을 알았다. 그리고 그 아픔은 나를 옛날의 그 자리로 돌아가지 않게 했다. 앞으로 나아가게 했고, 성장하게 했고, 원하는 것들을 이루었다.

지금 그 아픔의 시기를 지나고 있는 세상의 모든 딸과 아들, 그리고 아빠와 엄마, 나의 인생을 찾아가고 있는 사람들에게 이 책이 위로와 희망이 되길 바란다.

2022년 가을
이명희

차례

나로 살아가기

딸, 엄마로 살아가기

딸에겐 엄마 모습이 있다

위기의 순간에 사람 본연의 모습이 나온다고 한다. 위기 속에서 그대로 주저앉는 사람이 있고, 어떻게든 살려고 발버둥 치는 사람이 있다. 위기를 부정적으로 바라보는 사람이 있고, 어떻게든 긍정적으로 해석하려고 하는 사람이 있다.

난 위기의 순간에 어떤 모습을 취할까? 긍정적으로 보려고 노력하며, 어떻게든 극복하려고 발버둥 친다.

인생에서 위기를 만나지 않으면 좋겠지만, 대부분은 위기를 겪는다. 그리고 그 위기는 예고하지 않고 온다. 그리고 난 위기를 맞을 때마다 엄마를 생각한다. '엄마라면 이럴 때 이렇게 했겠지?' 위기를 만났을 때, 그것을 해석하고 극복하는 모습이 나의 엄마를 닮지 않았나 한다.

나의 아버지는 내가 초등학교 6학년 때 돌아가셨다. 첫째로 태어난 나는 어린 나이에 난 남모를 책임감을 많이 느꼈다. 아버지의 부재 후에는 아버지가 안 계시니 저렇다는 이야기를 듣지 않기 위해 부단히 노력했다. 언제나 태도를 단정히 하고, 바르게 생활했다. 그때부터 다져진 나의 마음가짐과 습관이 환갑이 지난 지금도 이어지고 있는 것 같다.

 아버지가 돌아가시고 나서 가장 힘든 사람은 엄마가 아니었을까? 하지만 내가 기억하는 엄마는 오히려 더 씩씩하게 느껴졌다. 아니면 일부러 힘든 내색을 하지 않기 위해 노력했던 것일 수도 있겠다는 생각이 든다.

 엄마는 우리를 먹여 살리려고 농사를 지으며, 흙만 바라보며 사셨다. 대부분 농사를 지으면 낮에 일하고 밤에는 일찍 주무시는 게 예사거늘 엄마는 달빛이 비치는 밤까지 일하셨다. 일하시면서 항상 뭔가를 중얼거리셔서 난 엄마가 어디 아픈 건 아닐까 걱정이 됐다. 그런데 그건 자식을 위해 하는 엄마의 '기도'였다. 엄마는 자기 삶이 박복하다고 생각하셨는지, 항상 '복'을 강조하셨다. 예쁜 것도 소용없고, 배움도 필요 없다고 생각하셨다. 사람은 모름지기 복을 타고나야 한다면서, 자식들에게 복을 내려달라고 농사일하면서 밤낮으로 기도하셨다.

그런 줄도 모르고, 철없던 어린 시절의 나는 농사일밖에 모르는 엄마가 참 야속했다. 그리고 동생들과 나는 가끔 엄마의 마음을 속상하게 했던 것 같다. 그럴 때마다 엄마는 이렇게 말씀하셨다.

"얘들아, 내가 죽고 너의 아버지가 살았으면, 너희들이 어떻게 되었겠냐."

내가 기억하는 엄마는 농사일밖에 모르셨지만, 이해와 사랑이 많은 분이셨다. 자식에게 아무것도 물려줄 게 없다고 생각하고, 사랑만큼은 듬뿍 주셨다. 정말 마음속 깊이 우러나는 사랑을 말이다. 사랑을 먹고 자란 자식들은 반드시 잘 자랄 수밖에 없다.

그리고 엄마는 항상 온유하고 긍정적이었고, '맛과 멋'을 아는 분이셨다. 어느 정도 우리가 커서 결혼하고, 안정적으로 살아갈 때 엄마는 뒤늦게 한글을 배우시고, 우리를 키우느라 못한 것들을 해 나가셨다. 엄마는 언제나 선한 마음을 가지고 계셨고, 삶에 대해 늘 열정적이셨다. 그렇게 열정을 다하시고 엄마는 돌아가셨다. 그 열정을 지금 내가 배운 게 아닐까 한다.

나는 엄마가 주었던 사랑의 힘으로 지금껏 버티면서 살

수 있었다고 생각한다. 내가 생각해도 가끔 나도 모르게 하는 언어와 행동이 엄마를 참 많이 닮았다. 내가 지금 살아가는 삶의 자세와 행동은 다 엄마에게서 배운 것은 아닐는지. 사실 그때는 이해하지 못하고, 그렇게 되지 않겠다고 거부했던 그 모든 것들이 내 안에 남아 내 삶의 전부가 되어가고 있다.

엄마라는 이름은 아무에게나 불리는 것은 아니다. 생명을 잉태하고, 그 생명이 세상에 나옴과 동시에 '엄마'라는 이름을 부여받는다. 그 모든 것들을 완벽하게 준비하고, 엄마라고 불리는 사람이 얼마나 될까. 다 시행착오를 겪으면서 깨우쳐 가는 것이다.

나 또한 태교를 어떻게 하며, 육아를 어떻게 해야 하는지에 대한 아무런 지식도 없이 엄마가 되었다. 그리고 부모님이 나를 키우셨던 것처럼 자녀들을 키웠다. 하지만 항상 부족하다고 생각한다. 나의 엄마가 내게 주신 사랑만큼 나는 자녀들에게 사랑을 주고 있나 하는 의문을 계속 갖게 된다. 내가 엄마가 되고 여러 경험을 하면서, 완벽한 엄마가 되는 건 쉽지 않다고 생각한다. 엄마라는 호칭을 가진 모든 분을 존경하게 됐다. 이 또한 내가 경험하지 않았으면 몰랐을 감정이다.

나는 가끔 나에게서 엄마의 모습을 본다. 또 동생들의 모습에서 엄마를 보고, 우리 딸들에게서 나의 모습도 본다. 그렇게 서로를 비추고, 영향을 주고받으며 살아가고 있다.

축하드립니다! 딸입니다

 나의 부모님 시대에는 배우자의 얼굴도 모른 채 어르신들이 정해주는 사람과 결혼했다고 한다. 어떤 사람인지는 아무도 모른다는 말이다. 그저 정해주는 사람이 운명이려니 따랐던 세대였던 것 같다. 엄마는 그렇게 어르신들이 정해준 남자와 결혼했고 나와 여동생, 남동생 이렇게 세 남매를 낳았다.

 난 아는 언니에게 지금의 남편을 소개받았다. 소개받으면 무조건 결혼해야 하는 줄 알고 얼마 지나지 않아 결혼하였다. 남편은 나보다 나이가 7살이나 많았다. 그래서인지 결혼하고 나서 바로 아이가 생기기를 바라는 눈치였다. 나 또한 결혼하면 당연히 엄마가 되는 줄 알았는데, 결혼하고 1년이 지난 후에도 아이는 생기지 않았다. 마음이 초조해졌다.

아이를 원하고 있는데 세월이 지나도 생기지 않을 때, 마음은 점점 나락으로 떨어졌다. '내가 뭐가 부족해서 아이가 생기지 않는 걸까?' 생각하며 자꾸 나의 부족한 점을 찾으려고 했다. 아이를 가진 사람들, 아이와 함께 가는 엄마들을 보면 부러우면서도 괜히 얄미운 마음이 들었다. 내가 간절히 원하는 것을 가지고 있는 사람을 바라볼 때 드는 '질투심'이 아니었을까 생각해 본다.

세상을 살면서 내가 가지지 못한 것이 마음에 전부가 될 때, 그로 인해 드는 상실감을 조심해야 한다. 그리고 그 마음에서 빠져나와 나를 객관적으로 바라보려고 노력해야 한다. 나의 결핍에 집중하다 보면, 건강하지 못한 삶이 된다. 그건 결국 나를 망치는 일이기에 마음을 다잡아야 한다.

난 지금 없는 것에 집중하지 않고, 반드시 나에게 아이는 찾아올 거라며 여유 있는 마음을 가지려고 노력했다. 내가 지금 당장 할 수 있는 것에 최선을 다하며, 아이가 찾아올 거라고 믿었고, 확신했다. 그랬더니 진짜 아이가 생겼다. 너무나 간절했기에 기쁨 또한 말할 수 없이 컸다. 그렇게 아이를 배에 품고 8개월이 지난 후에, 진통 끝에 자연 분만을 했다.

"축하드립니다! 딸입니다."

 지금은 아이가 배 속에 있을 때 성별을 확인할 수 있다고
하지만, 그때 그 시절에만 해도 성별을 알 수 없었다. 진
통 속에 있으면서 딸이라고 확인하는 순간, 나도 모르게
'너도 언젠가는 이런 고통을 겪겠구나.'라고 생각했다. 왜
아이를 낳으면서 그런 생각이 들었는지는 나도 모른다.
그 순간 난 딸이 엄마가 되는 상상을 하고 있었던 걸까?

 처음은 모두 서툴다. 첫째 애여서 모든 것이 서툴렀지만
사랑만큼은 100%를 주었다. 아이를 키운다는 기쁨은 세
상 어떤 기쁨에 비교할 수가 없었다. 그리고 너무 간절해
서 생긴 아이였기에 더 그랬다.
 그렇게 아이를 키우는 기쁨에 빠져 있을 때 바로 둘째가
생긴 것을 알았다. 그런데 나는 둘째가 생긴 걸 안 순간
'또 한 명을 어떻게 낳지?' 하는 생각이 먼저 앞섰다. 첫
째를 낳을 때 자연 분만으로 진통이 너무 심했기 때문이
다. 아이가 아무리 예쁘다고 해도 나의 몸부터 생각하는
건 어쩔 수 없나 보다. 그런데 첫째보다는 둘째는 좀 더
쉽게 낳을 수 있었다. 처음이야 어렵지, 두 번째는 쉽다는
말이 이래서 생긴 것일까.

"축하드립니다! 딸입니다."

둘째도 딸이었다. 딸 둘을 키우며 재미에 빠져 있을 무렵에 셋째가 생긴 것을 알게 되었다. 그런데 셋째가 생기자마자 두려움이 들었던 건 사실이다. '혹시 또 딸이면 어떡하지?' 모든 자녀는 다 소중한데 내가 왜 이런 생각을 하고 있는지…. 나는 번뜩 정신 차렸다.

어린 딸 둘을 키우면서 임신까지 한 몸으로 하루하루를 힘겹게 지냈다. 사실 막 달에 가서는 셋째가 빨리 세상에 나왔으면 좋겠다고 생각했다. 그러던 와중에 혼자 있을 때 진통이 느껴졌고, 막막했다. 남편은 일 때문에 함께 살고 있지 않았다. 나는 인천에서 생활하고 있었고, 남편은 포천 이동에서 근무하고 있었기 때문이다. 당시에 시어머니는 전남 순천에 계셨고, 친정어머니는 전남 영광에 계셨다. 나를 도와줄 사람이 가까이에 없었다.

나는 급하게 보호자를 물색하기 시작했다. 가깝게 지내는 아주머니에게 부탁을 할 수 있었다. 아이가 나오기 일보 직전, 아주머니의 보호를 받으며 산부인과에 갔다. 몇 시간의 진통 끝에 아이는, "응아, 응아" 울면서 세상 밖으로 나왔다. 난 아이의 성별이 가장 궁금했다.

"축하드립니다! 딸입니다."

아이를 낳던 기쁨도 잠시, 난 아이의 울음소리와 함께 합
창하고야 말았다. 사실 남편이 아들 낳기를 너무 바랐기
때문이다. 너무나 간절해서 나도 모르게 아들이라고 확신
하고 있었나 보다. 그런데 그게 아니어서 내심 서운했다.
물론 딸도 너무 좋지만, 이미 딸이 둘이 있어서 아들을 바
랐던 솔직한 심정은 어쩔 수가 없었다.

남편이 일을 끝내고 새벽에 부랴부랴 병원으로 도착했
다. 처음부터 "아들이지요?" 물어보았다. 난 무슨 말을 해
야 할지 몰라 가만히 있었는데, 남편은 펑펑 울었다. 나를
위해 고아서 준다고 돼지족발을 가지고 왔는데, 오자마자
힘없이 떨어뜨리고 울기만 하는 것이다.

분명 자녀가 태어났다는 건 좋은 일인데, 부모의 바람과
맞지 않는다고 이런 모습을 보이는 건 좋지 않다고 생각
했다. 셋째 딸에게는 너무 미안했지만, 어쩔 수 없는 마음
이 있었다.

농사일로 바빠서 셋째 딸이 세상에 나오고 보러 오지도
못한 친정엄마는 딸이 삼 개월쯤 되었을 때 보러 오셨다.

삼 개월이 지나서인지 딸의 얼굴엔 포동포동 살이 올랐다. 셋째 딸을 유모차에 태우고 버스정류장으로 마중을 나갔다. 친정엄마는 셋째 딸을 보자마자 "어마! 딸 씰라고 (딸 잘되려고) 생긴 것 좀 보소!" 하시는 것이다.

셋째 딸을 낳고 서운해하고 있을 때 지인들도 나에게 이런 말을 했다.

"엄마 서운하게 한 딸이 효도한대요."
"아들은 구루마를 태우고 딸은 비행기를 태운대요."

예쁘게 자라는 딸을 보며 아들 낳기를 기다렸던 마음에 대해 미안한 마음이 들었다. 그리고 또 세월이 흐르면서 지인들이 했던 말이 사실이구나 하는 생각이 들었다.

이사 그리고 인연

　결혼하고 나는 시골에서 살았다. 지금처럼 가스보일러가 아닌 아궁이에 연탄불을 지펴 살던 시절, 비가 많이 오면 불 조절 하는 구멍으로 연기가 아닌 수증기가 모락모락 피었다. 연탄을 꺼내 보면 아궁이에 빗물이 차서 연탄불이 꺼져가던 날들이 여러 차례 계속되었다. 더 이상 그렇게 살 수 없어 가까운 곳에 방을 구하고 이사를 했다.

　이사는 설렘을 주기도 하지만, 두려움을 느끼게도 한다. 모든 게 새롭고 낯선 환경으로 가기 때문이다. 다행히 남편이 잘 따르던 선배 가정이 가까운 곳에 살고 있었다. 나는 그 선배님을 소개받고, 그 선배 가정과 잘 지내게 되었다. 선배 부인은 딸 둘이 있었는데, 효성 공단에서 부업을 가져다 아기 옷을 뜨는 일을 하고 있었다. 나도 함께 그 일을 배우게 돼서 날마다 선배님네로 출근하다시피 했다.

주인댁은 선생님이어서 제자들이 드나들고, 또 시어머니와 시동생이 함께 살다 보니 언제나 사람들이 많았다. 선생님과 부인은 우리 부부와 또래여서 공감대가 많이 형성되었다. 또한, 아이들 또한 나이가 같아서 서로 바쁘면 봐주기도 하고 그랬다.

둘째 아이가 어렸을 때, 나는 서울에 갈 일이 있어 주인댁에 아이를 부탁하고 길을 나섰다. 둘째 아이가 순하기도 해서 크게 신경 쓰지 않았었는데, 일을 마치고 와서 보니 아이 얼굴에 빨간 꽃이 피어 있었다. 깜짝 놀라서 아이 얼굴을 살펴보니 얼굴이 할퀴어 있었다. 나는 그 길로 안집에 가서 물어보았다.

"아이 얼굴이 할퀴어 있는데 무슨 일 있었어요?"

"고양이가 와서 할퀴어 놓았나? 울음소리는 안 났는데!"

어떤 엄마든 자녀를 맡겨 놓고, 이런 무심한 말을 들으면 속상하지 않을 사람 없을 것이다. 하지만 내색도 하지 못했다.

나중에 알게 되었는데, 주인집 둘째 아이가 자는 아기가 움직이는 대로 신기해서 만졌다고 한다. 아기의 살이 연하다 보니 그 아이가 만지는 대로 빨개져서 얼굴이 빨갛게 자국이 난 것이다. 아이가 한 일이라는 것을 알고 얼굴 붉히지 않고 이해하려고 노력했다. 다행히 시간이 지나면서 아이 얼굴에 흉터 남지 않고 깨끗이 나았다. 아무래도 참기를 잘한 것 같다.

이런저런 일을 겪으며 선배님 가정, 주인집 가정, 그리고 우리 세 가정은 세월 속에서 의형제를 맺게 되었다. 친형제보다 더 가까이 지냈다고 해도 과언이 아니다. 명절에도 함께 하고, 밥도 같이 지어 먹고 윷놀이도 즐기면서 그렇게 우리는 두터운 우정을 쌓아갔다.
남편의 부대 이동으로 인하여 우리는 또 이사하게 되었다. 이사를 하고 나서 가까이 있었을 때처럼 자주 못 만났지만, 그래도 계속 인연의 끈을 놓지 않았다. 물리적 거리만큼 마음의 거리가 멀어지지 않게 부단히 애쓰며 서로의 관계를 위해 노력하였다.

생각해 보니 이사를 참 많이도 다녔다. 일 때문에도, 집안 환경 때문에도. 익숙해지려고 하면 해야 하는 이사 때문에 스트레스도 많았다. 하지만 언제까지 스트레스라고 생각할 수는 없어서 변화를 즐겁게 받아들이기로 했다.
익숙한 곳을 떠난다는 사실은 마음을 공허하게 한다. 그 장소에 대한 추억, 그리고 쌓아왔던 감정들이 모두 없어지는 것 같으니 말이다. 반대로 생각하면 새로운 곳에서 새로운 경험을 할 수 있는 기회가 늘어나는 것인데, 그렇게 생각하기까지 참 오랜 시간이 걸렸다.

전에는 가까운 곳으로 이사를 했다면, 이제는 한 번도 가보지 않은 곳으로 이사를 한다. 이사를 해야 하는 곳은 생전 들어보지 못한 곳이었다.

산으로 둘러싸인 곳을 벗어나 들녘도 지나고 도시도 지나면서 차는 달렸다. 고추밭도 보이고, 담배밭도 보이고 주변 경치를 보니 고향에 온 포근함이 느껴졌다.

아이들이 셋이다 보니 독채 전세를 구했는데, 내가 누누이 하던 말이 있었다. 결혼하면 대도시가 아닌 중간 도시에서 살고 싶다고 했는데, 역시 말한 대로 이루어지나 보다. 도착한 곳이 딱 그런 곳이었다.

하루는 옆집 아주머니께서 "아기 엄마! 약수 마시러 갑시다." 하는데 약수에 대해 생소함이 있었다. 버스를 타고 중간에 내려 또 버스를 갈아탔다. 생각보다 먼 곳에 있었다. 하지만 딱 산 좋고 물 맑은 곳이라는 표현이 딱 어울리는 곳이란 걸 알았다. 옹달샘에서 물이 퐁퐁 솟아나는 것을 보았다. 사람들이 옹기종기 모여 앉아 바가지로 물을 받아 마시고 있었다. 나 또한 합세해 바가지에 물을 떠서 마시는 순간, 물을 뱉고 말았다. 물에서 쇠 맛이 나기도 했고, 미원 탄 것처럼 느끼했다. 생전 처음 마셔보는 물맛이었다. 이 물을 마시겠다고 여기까지 온 것도 이해가 가지 않았다.

하지만 참 신기하게도 난 약수라고 하는 그 물맛에 차츰 빠져들었다. 건강에 좋은 물이라고도 했고, 그 물을 마시면 소화가 잘되는 느낌이라 그 이후로도 난 자전거를 타고 가서 그 물을 떠다 먹었다. 그리고 지금은 약수를 너무 좋아하게 되었다. 그리고 난 그때 이사한 동네에서 지금까지 살고 있다.

싫어했던 것들을 좋아하게 되는 과정, 그건 별거 아니다. 익숙하지 않아서 관심이 없는 것이다. 처음엔 낯설어도 계속 경험하면서 익숙하게 되면 좋아질 수밖에 없다.

어렸을 때는 쓴 커피를 왜 먹을까 이해하지 못했는데, 지금은 커피 없이 하루를 보낼 수가 없다. 적당한 비유가 될까?

처음엔 누구나 낯설고 힘들다. 이사는 더구나! 그런데 또 언제 그랬냐는 듯 적응하고 잘 살아간다. 그리고 매력을 느껴간다. 몇 번의 이사를 하면서 새로운 인연을 만날 기회가 늘어났다. 그 인연을 통해 함께 성장하며 살아간다. 그래서 이제 낯선 경험을 환영하며 이렇게 생각한다.

내가 가는 곳이 제일 좋은 곳이고, 경험하는 것이 가장
최고의 경험이라고.

네 아이의 엄마가 되었다

자식 한 명만 생겨도 더 바랄 건 없다고 생각했는데, 나에겐 세 자녀가 생겼다. 첫째 딸을 낳을 때만 해도 진통이 너무 심해 더는 아이를 못 낳을 것 같았는데, 계속 낳는 나를 보고 신기하기도 했다. 아마도 자식은 아픔에 비교할 수 없는 기쁨을 느끼게 하나 보다.

딸 셋이면 충분하다고 생각할 수도 있는데, 난 또 내심 자식을 바라고 있었다. '아들'을 아직 못 낳았기 때문이다. 사람의 욕심은 끝이 없다는 생각이 든다.

아이가 안 생겼을 때, 난 너무나도 간절히 아이를 바랐다. 간절했기에 내가 뭘 하면 될까 해서 건강해지려 노력했고, 아이가 생긴다는 방법을 찾아 실천했다. 그리고 이미 생겼다고 마음으로 확신했다. 원하는 것을 얻는 아주 단순한 원리라는 것을 발견했다. 노력하고, 실천하고, 마음으로 확신하는 것!

아들을 갖고 싶다는 바람이 생겼을 때도 난 첫째가 생겼을 때를 생각하면서 이 방법을 썼다. 셋째를 낳고 몇 년이 지난 어느 날, 넷째를 임신했다는 걸 알게 되었다. 기쁨도 잠시, 나도 모르게 또 딸을 낳으면 어쩌나 하는 걱정이 들었다.

그때 우연히 지인으로부터 태아 성별을 알 수 있는 산부인과가 있다는 소리를 들었다. 성별이 어떻든 어차피 나의 자식이고, 운명이려니 생각하면 될 텐데 난 성별이 너무 궁금했다. 하루빨리 확인하고 싶은 마음이었다. 그래서 난 둘째 딸을 데리고 용기를 내서 병원으로 갔다. 떨리는 마음으로 기다리고 있는데, 간호사가 와서 말을 한다.

"아들이 있으신데, 검사를 할 필요가 있어요?"

"네?"

내 옆에 있는 둘째 딸을 바라보았다. 둘째가 어렸을 때는 남자 같은 모습을 하고 있어 사람들이 간혹 아들이라고 오해했는데 간호사도 그런 듯했다.

"아, 제 딸이에요."

"어머! 죄송합니다."

난 검사를 했고, 떨리는 마음으로 검사 결과를 받았다. "휴!" 나도 모르게 안도의 한숨이 나왔다. 그리고 기쁜 마음에 오랜 지인에게 전화했다.

"양수 검사했는데 아들이래!"

"그렇게 바라더니 축하해!"

"고마워."

여기서 끝났으면 되는데 지인은 말을 이어 나갔다.

"그런데 너무 마음 놓고 있지 말아. 내가 아는 사람 중에 양수 검사를 한 사람이 있는데, 병원에서 아들이라고 했어. 그런데 아이를 낳고 보니 딸이었어. 게다가 아기가 눈 한쪽을 못 뜨는 거야. 조심해야 해."

지인의 이 말에 기뻐서 흥분되었던 마음은 순식간에 사라졌다. 그리고 두려움이 몰려왔다.

걱정이라는 것! 어쩌면 정확하지 않은 정보를 접했을 때 '그런 일이 일어날지 모른다.'라는 아주 드문 확률을 가지고 드는 감정이 아닐까. 하지만 생각해 보면 결과는 늘 두가지다. 걱정했는데 잘될 수도 있고, 잘 안될 수도 있다. 걱정 안 했는데 잘 될 수도 있고, 안 될 수도 있다. 걱정하든지 안 하든지 결과에는 영향이 없다는 것이다. 그러면 걱정하면서 시간을 낭비할 필요가 있을까? 알면서도 마음처럼 잘 안되기 때문에 걱정하겠지. 그래도 난 아직 일어나지도 않은 일에 영향받지 않고, 좀 더 담대해져야겠다고 생각했다. 그리고 매일같이 마음을 긍정적으로 다져나갔다.

그리고 그렇게 바라던 아들이 세상에 나왔다. 더없이 건강한 모습으로 말이다. 지난 시절에 노심초사했던 내 모습이 주마등처럼 스쳐 지나갔다. 괜한 죄책감이 있었던 지난날, 아들인 걸 알았지만 행여나 뭔가 잘못되면 어쩔까 하는 마음. 그 마음을 다잡으려고 노력했던 날들!
아들이 나오자마자 난 마음속으로 생각했다.
'이제 난 할 일을 다 했다!'

아이를 낳은 엄마는 가끔 그런 말을 한다.
"아이가 세상에 나와 있을 때보다 배 속에 있을 때가 더 편했어요!"
나도 이 말에 공감한다. 그만큼 아기를 키운다는 건 쉽지 않은 일이다. 거기에 아이 넷이라니! 매일매일 전쟁터에서 사는 느낌이었지만, 아이들을 바라보고 있으면 그 힘듦이 눈 녹듯이 사라지곤 했다.

자신의 재능을 찾아 산다는 것

79억의 세계 인구 중에서 외모, 성격 등 모든 게 같은 사람이 존재할까? 시와 분을 다투며 태어난 쌍둥이라 할지라도 미세한 차이는 존재하기 마련이다.

사람마다 모두 다른 모습을 하고 사는 건 당연하게 생각하며 살았다. 그러다 아이를 낳고, 키우면서 전과는 다른 질문이 생기기 시작했다. 당연하다고 생각하던 것들에 의문이 생기는 건 전과는 다른 시선을 가지고 바라볼 때이다. 난 아이를 낳고, 키우면서 세상을 보는 시선이 달라지는 걸 느꼈다. 아이를 낳기 전에는 생각하지 못했던 것들이 보인다는 건, 내가 확실히 전과는 다른 삶을 살면서 전과는 다른 경험을 하고 있다는 걸 의미했다.

예전에는 남들이 하는 모든 경험을 해보고 싶었다. 그 경험은 아주 기본적이고도 평범한 것들이었다. 결혼하고, 아이를 낳는 것을 바랐고 이루었다. 아이들 넷을 낳고 키울 때는 모든 부모가 그렇듯 잘 자랐으면 했다. 아이들을 한 명 한 명 보고 있으면 가끔 이런 생각이 들었다. '내 배 속에서 다 낳았는데 어쩜 저렇게 다 다를까?' 다른 모습을 가지고, 성격도 다 다른 자녀들을 보면서 각자 가진 재능도 다르다는 것을 알았다.

아이들은 무한한 가능성을 지니고 있다. 그런데 그 재능을 발휘할 기회도 없이 같은 교육을 받고 공부 잘하기를 강요받는 건 아닐까? 학교에서 배우는 공부는 우리가 세상을 살아가기 위한 아주 기본적인 소양이다. 학교 성적으로 모든 것을 판단하면 안 된다. 공부에 흥미를 느끼지 않더라도 다른 것을 잘 할 수 있기 때문이다. 각자 가진 재능을 발견하는 것이 중요하다고 생각한다. 사실 아이 넷을 키우는 건 녹록지 않고 빠듯한 살림이었지만, 아이들에게 공부 외 흥미 가질 수 기회를 주면 좋겠다고 생각했다.

첫째 딸은 피아노를 배웠으면 좋겠다는 생각이 들어 피아노 학원에 다니게 했다. 어쩌면 아이들이 어린 시절부터 접하게 되는 건 엄마가 좋아하고 바라는 것인지도 몰랐다. 어린 나이에 자기가 뭘 좋아하는지 알고 배우기란 쉽지 않기 때문이다. 그래서 최대한 자신이 뭘 좋아하는지 알 수 있게 많은 경험을 하게 해주는 것도 좋다고 생각한다. 시간과 경제적 여건이 허락하는 한 말이다.

피아노 학원을 열심히 다니던 첫째가 언제부터인지 피아노에 흥미를 잃어 보이는 순간이 있었다. 어느 날 학원에 가지 않고 집으로 그냥 집으로 왔다. 아이가 무슨 생각을 하는지 듣는 게 더 먼저였을 텐데 난 자전거 뒤에 태워 학원으로 데려다주었다. 학원에 빠지면 큰일이라도 나는 줄 알았나 보다. 나의 그 성향 때문이었는지 아이들은 초등학교 다니는 6년 동안 학교에 빠지지 않고 개근상을 놓치지 않았다.

둘째 딸은 초등학교 3학년 때 학교에서 특별활동을 지도하는 선생님께서 직접 전화를 주셨다. 아이가 붓글씨를 잘 쓴다고 서예학원에 보내면 좋겠다는 권유의 전화였다. 이렇게 개인적으로 전화를 주시기가 쉽지 않은데, 아이의 재능을 발견하고 전화를 주신 것이 고마웠고, 난 그대로 서예학원을 찾아서 등록시켰다.

내가 살던 곳에 서예학원은 딱 한 군데 있었고, 그때는 학원 차가 거의 없던 시절이었다. 선생님의 권유와 아이의 재능과 흥미가 맞아떨어졌는지 아이는 비가 오나 눈이 오나 학원을 열심히 다녔다. 전국 서예대회에서 계속 상을 타며 자신의 재능을 발전해 나갔다.

셋째 딸은 사실 많이 신경 못 썼던 게 사실이다. 공교롭게도 셋째 딸은 어렸을 때 유치원을 보내지 못했다. 유치원에 갈 나이에 이미 한글을 깨우치고 예쁘게 쓰고 있었다. 아마도 언니들 속에서 알아서 배웠던 것 같다. 그래서 유치원에 가지 않고, 바로 학교에 입학시켰던 기억이 있다.

셋째 딸이 초등학교에 다닐 때도 특별히 뭔가를 권하지 않았다. 그랬더니 언니들 속에서 피아노도 배우고, 서예도 하면서 그 틈새 속에서 자신이 할 수 있는 것들을 알아서 해나가고 있었다.

넷째인 아들에게 신경을 썼던 건 바로 표현력이었다. 누나들이 많아 혹여나 주눅이 들면서 살지 않을까 해서 웅변학원에 보냈다. 남자아이라면 태권도를 먼저 시작하는 게 암묵적인 순서였는데 난 다르게 생각했다.

우리나라 문화는 자신의 의견을 자유롭게 표현하는 문화가 아니라고 생각했다. 생각은 하지만, 그걸 바로 거침없이 표현하는 사람이 얼마나 될까? 생각을 남들 앞에서 조리 있게 말할 수 있는 능력은 꼭 필요하다고 생각해서 넷째는 웅변학원에 다니게 했다.

자신의 재능을 찾을 수 있다는 건 큰 축복이라고 생각한다. 성인이 되어서도 좋아하는 일이 뭔지 모르겠다고 하는 사람들을 많이 만났다. 어린 시절의 다양한 경험이 그 발판이 된다고 생각한다. 그 아이들의 경험은 부모가 마련해 줘야 한다. 아이들은 아직 모르는 게 많고, 무한한 가능성이 있기 때문이다.

아이들이 마음껏 뛰어놀고, 경험하고, 자신의 재능을 찾으면서 누구보다 자신 있게 살아갈 수 있는 이유! 부모라는 거대한 버팀목이 있기 때문일 것이다. 그리고 모든 부모는 이렇게 큰 존재라는 사실을 잊지 말아야 한다.

우유배달

"아기 엄마가 우유배달을 하면 잘할 거라고 동장에게 들었어요. 우리 아들 좀 도와주세요!"

어느 날, 이웃 동네 아주머니께서 나에게 하소연하고 애원한다. 아이 넷을 키우느라 너무 바쁜 상황에 말이다. 아이들이 중학교, 초등학교에 다니고 있어서 난 매일 아침 네 명의 도시락을 싸야 했고, 매일 정신없는 날들의 연속이었다. 우유배달을 하겠다고 생각한 적은 단 번도 없는데 아주머니는 끈질기게 나에게 매달렸다. 그리고 나는 아주머니의 끈질김에 설득당하고 말았다.

남편 군인이어서, 우리 가족은 군인 아파트에 살고 있었다. 5층 높이의 아파트가 네 동이 있던 시절이었다. 아주머니는 군인 아파트만 맡아 달라고 하셨다. 생각해 보니 매일 아침 한 동씩 맡아서 하면 어렵지는 않을 거 같았다. 일부러 시간 내서 운동도 하는데, 운동이 될 거라는 생각도 들었다. 우유를 마시는 사람보다 우유배달을 하는 사람이 더 건강하다는 소리도 있지 않은가.

나는 아이들을 불러놓고, 학교 가기 전에 아파트 한 동씩 맡아서 우유배달을 할 수 있냐고 물어보았다. 아이들은 흔쾌히 할 수 있다고 했다. 아침이면 우리 가족은 모두 분주해졌다. 나는 아침밥을 하고, 도시락을 쌀 때 네 남매는 각자 맡은 아파트 동의 우유배달을 했다.

지금은 아파트 통로마다 들어가는 비밀번호가 있어 아무나 드나들 수 없지만, 그 시절만 하더라도 누구나 통로에 들어갈 수 있었다. 그렇게 아이들이 우유배달을 하던 어느 날, 나는 아파트 사람들이 우리 가족을 두고 하는 말을 들었다.

"없는 집도 아니면서 왜 저러는 거야?"

우유배달을 하는 것이 사람들에게 속닥거릴 수 있는 소재였나보다. 그리고 군인 아파트 특성상 같은 직업을 가지고 있기에 서로에게 관심이 많았다. 누군가의 흉을 보면 허공으로 퍼져나가는 것이 아니라 귀에 들려온다. 이런 소리에 일일이 찾아다니며 해명할 수도 없고, 그럴 필요도 없는 일이다.

처음에 우리가 사는 아파트만 해달라고 부탁하던 분은 야쿠르트까지 해 달라고 했다. 못한다고 했지만, 인수를 해주시는 분을 보는 순간 해야겠다는 생각이 들었다. 왜 그랬는지는 모른다. 이왕 하는 거 하는 데까지는 최선을 다해보자고 생각하고 우유 가방을 자전거에 싣고 시내로 나갔다.

우유배달을 한다고 하면 사람들은 편견을 갖는다. 형편이 어려워서 우유배달을 하는 것이냐는 질문을 몇 번 듣고, 난 그 질문에 대답해야 했다. 어떤 일이든 그냥 하면 안 되는 건가? 어떤 일을 할 때 사람마다 가지고 있는 사정은 다를 건데, 대하는 사람들은 자신들이 '그럴 것이다'라고 추측한다는 것을 우유배달을 하면서 느끼게 되었다. 그리고 난 모든 일에 남을 향해 섣부른 판단을 하지 말아야겠다고 생각했다.

그때부터였나보다. 남의 시선과 이목을 신경 쓰지 않고, 내 맡은 일을 묵묵히 하며 최선을 다하면서 살겠다고 다짐했던 때가.

최선을 다해 우유배달을 하다 보니 나에게 먼저 와서 우유배달을 해 달라는 사람도 생기고, 좋은 말을 해주는 사람도 있었다. 그리고 우유를 꾸준히 넣었는데 계산하지 않고 이사를 간 사람도 있었다. 아주 기본적인 것들을 대하는 사람들의 태도를 보면서 많은 것들을 느꼈다.

 어느 날은 큰딸이 다니는 중학교에 야쿠르트 가방을 자전거에 싣고 방문한 적이 있었다. 그런데 큰딸의 같은 반 친구가 나를 봤나 보다. 그 친구는 나를 가리키며 큰딸에게 이렇게 말했다고 한다.
"야, 저기 너희 엄마지?"
 큰딸의 말로는 그 아이의 어투에 무시하는 느낌이 있었다고 했다. 난 친구의 말에 딸이 어떤 느낌이 들었을까 궁금했다. 딸은 이렇게 말을 이어 나갔다.
"걔 원래 좀 친구들을 무시하면서 말해. 그런데 난 그때 그렇게 생각했어. 뭐! 자기 엄마도 별 볼 일 없으면서."
 사실 어린 마음에 우유배달을 하는 게 창피하게 느껴질 수도 있는데, 오히려 딸은 당당했다. 그 당당한 모습에 감동이 되었고, 딸이 정말 잘 자라고 있다는 생각이 들었다.
 그렇게 세월이 지나면서 열심히 하다 보니 우유를 배달해달라고 신청하는 가구가 늘어났다. 그 무렵에 우유배달을 하고 싶어 하는 사람이 있어 그 사람에게 넘겨주었다.
 사실 아이들이 어린 나이에 우유배달을 하는 건 쉽지 않았을 거로 생각한다. 그런데도 엄마를 믿고 매일 아침에 일어나 우유배달을 해준 아이들에게 고마움을 느낀다.

어쩌면 그때 다져진 정신력과 체력으로 각자의 자리에서 주어진 일들을 잘하면서 사는 게 아닐까?

감히 이런 생각을 해본다.

너희들이 아프고 힘들 때

 시련은 각자에게 감당할 수 있는 만큼만 온다고 하는데, 시련이 있을 때 어떻게든 잘 넘어왔다는 생각이 든다. 시련이 있을 땐 너무나도 아프다. 그런데 아픔을 감당해야만 그 뒤에 평안함이 찾아온다는 사실이다.

 나에게 오는 시련과 아픔은 알아서 감당하면 되는데, 자식들에게 오는 시련을 바라보면서 부모로서 어떻게 해줄 수 없을 때 마음은 찢어지는 걸 경험했다.

 네 남매를 생각하면 어린 시절부터 클 때까지 각자 시련과 아픔이 있었다. 육체적인 아픔이든, 정신적인 아픔이든 아픔의 크기와 모양은 다르고 그건 겪는 사람만이 안다. 하지만 엄마는 자식들이 아파하는 모습을 볼 때 더 큰 아픔을 느끼는 건 분명하다.

첫째의 아픔은 어렸을 때 육체적인 아픔이었다. 첫째가 중학교에 다닐 때, 갑자기 온몸에 열이 나고 물방울처럼 물집이 생겼다. 처음 겪어 보는 상황이라 당황스러웠고, 큰 병에 걸린 줄 알고 무서웠다. 수두라는 이름의 대상포진 바이러스였다. 꽤 긴 시간 동안 방에서 나오지도 못하고 끙끙 앓는 첫째를 보면서 마음이 너무 아팠다.

힘들었지만 학창 시절을 무사히 보내고 첫째는 대학에 갔다. 사범 대학에 가서 탄탄대로일 줄 알았는데, 임용 고시를 본다고 몇 년 동안 공부에 매달렸다. 시험에 낙방하기를 여러 차례, 낙심하는 딸의 모습을 봤을 때 더 따뜻하게 대해 주고, 위로와 격려를 더 해줬어야 했는데 그러지 못한 게 너무 후회된다.

둘째의 아픔은 마음의 아픔이었다. 유독 마음씨가 좋고, 사람들이 좋아하는 둘째는 어디를 가나 분위기를 활기차게 만들었다. 어쩌면 남들에게 즐거움을 주고, 배려하느라 자신의 마음은 돌보지 못했는지도 모른다. 괜찮다고 하면서 많이 품어줬어야 했는데, 그러지 못한 것 같다.

세상에서 잘살고 있다는 사람들, 성공했다는 사람들을 보면 그들에게서 악한 본성을 볼 때가 있다. 그러한 본성을 가져야 남들에게 휘둘리지 않고, 누가 뭐라 하든 자신의 목표를 향해 나갈 수 있는 걸까. 대부분 마음이 아픈 사람들을 보면 착한 성품을 가진 경우를 많이 본다. 더는 마음이 아픈 사람들이 없었으면 좋겠다는 바람을 가져 본다. 그러기 위해선 세상이 조금 더 좋아져야 할 것이다.

셋째의 아픔은 건강에 대한 아픔이다. 셋째를 가졌을 때, 내가 건강에 신경을 못 써서 위 언니들과는 다르게 약하게 태어난 부분이 많다. 그게 항상 미안했다. 그런데 그런 것에 원망하지 않고, 괜찮다고 말하는 모습에 더 미안한 마음이 든다.

많이 신경 써주지 못했지만, 그 속에서 자신의 꿈을 찾아가는 과정에서 수많은 어려움이 있었다는 것을 안다. 홀로 타지에서 생활하면서 외로움과 싸워야 했고, 버티면서 사느라 많이 힘들고 아팠을 것이다. 해줄 수 있는 것이 없어 난, 더 아팠다.

넷째 또한 아들로서 남모르게 아팠던 적이 많았다. 한 가정의 가장이 되어 또 나라를 지키는 군인이 되어 적응되지 않는 환경 속에서 아파한 적이 있다. 함께 어려움을 이기고 아픔을 나눌 사람이 있어 다행이라 생각했지만 그래도 마음은 놓을 수가 없었다. 그래서 난 자나 깨나 기도했다.

자식들이 아픔을 겪을 때 실제로는 누구보다 더 마음 아파했다. 그런데 앞에서는 위로하지 못했고, 오히려 강하게 말하지 않았는지…. 간혹 마음에 품은 생각과 말이 반대로 나가는 경우가 있다. 하지만 진심이 아니라는 걸. 그렇다고 하더라도 알아줄 사람은 없으니 솔직하게 나의 마음과 감정을 전달하는 것도 필요하다는 생각이 든다. 내가 한 말로 누군가는 큰 상처를 받을 수도 있으니 말이다.
 아픔은 자신의 몫이라고는 하지만, 아픔을 겪을 때 다독여주지 못하고, 따뜻한 말을 해주지 못한 게 제일 마음에 남아 아린다. 쏟아진 물은 다시 주워 담을 수 없기에 그로 인해 상처받았을 자식들을 생각하면 나 또한 마음이 아프다.

 인생을 살다 보면 아픔을 겪고 누군가에게 상처받기도 한다. 하지만 그 모든 것들을 자신이 극복해야 한다. 인생을 살아내야 하는 건 바로 나이고, 아픔과 상처로 앞으로 나아가지 못하고 머물러 있다면 그 또한 자신의 손해이기에.
 누군가는 그 아픔과 상처를 상대에게 원망의 말로 풀어내고, 또 누군가는 그 상처를 자신의 성장으로 잘 다독여 밑받침으로 삼는다.

아픔을 극복하고 나아갈 것인가, 아니면 그 자리에 머물러 원망만 하고 있을 것인가! 언제나 그렇듯 선택은 자신의 몫이라는 걸 부인할 수 없다.

시련 앞에 굴복하지 않는 힘

"국가가 인정하는 멋있는 교사가 될 거야."

첫째 딸의 말에 깜짝 놀랐다. 나도 어렸을 때의 꿈이 교사가 되는 것이었다. 어려웠던 가정 형편으로 인해 학교를 계속 다닐 수 없었지만, 계속 공부를 할 수 있었다면 멋진 교사가 되었을 것이다. 그런데 딸이 교사가 되겠다고 한다.

딸이 중학교에서 고등학교에 갈 때 인문계를 갈지, 상업계를 갈지 선택해야 했다. 인문계를 가면 공부를 한다는 뜻이고, 상업계를 간다면 일찍 직장인이 되어 돈을 벌겠다는 것을 의미했다. 난 상업계 고등학교에 가서 일찍 직장인이 되는 것도 나쁘지 않겠다고 생각했는데, 딸은 인문계를 선택했다. 그리고 열심히 공부해서 국립대학교 사범대에 입학했다. 난 내가 꿨던 꿈을 자식들에게 말한 적이 없다. 그런데 첫째 딸이 사범대에 들어가는 순간, 내가 이루지 못한 꿈을 이뤄준다고 생각했다.

대학에 가서도 성적이 좋아 탄탄대로일 줄 알았는데, 국가가 인정하는 교사가 되기는 쉽지 않았다. 대학교를 졸업한다고 해서 교사가 되는 것이 아닌, 국가시험인 임용고시에 합격해야 하는 것이었다.

첫째가 대학 졸업 후 첫해에 시험에 낙방하고, 인천에 있는 사립중학교에서 교사를 뽑는다는 공고가 떠서 남편과 함께 서류를 준비해서 갔다. 그런데 학교에서 정해놓은 교사가 있다고 하는 것이다. 사립 중·고등학교에 지원을 몇 군데 했는데, 경쟁률도 세고 희망이 없어 보였는지 딸은 본격적으로 임용 고시 공부를 하겠다고 했다. 그리고 길고 긴 수험 생활이 시작됐다.

1년, 2년, 3년…. 매일 새벽부터 밤까지 엉덩이에 땀띠가 나면서까지 공부했다. 그런데 계속해서 낙방 소식만 들려오는 것이다. 임용 고시는 1년에 한 번 있어 떨어지면 또 1년을 공부에 매진해야 한다.

합격자와 점수 차이가 크게 나면 그러려니 하고 더 열심히 공부할 텐데, 0.23점 차이로 시험에서 떨어졌다고 했을 때는 나도 모르게 탄식이 흘러나왔다. 문제 하나당 점수가 1점이라고 쳐도 그조차도 안되는 점수로 합격과 불합격의 길이 갈리다니 너무 야속한 마음이 들었다.

너무 힘들면 그만해도 된다고 말하고 싶었지만 사실 그 말은 나오지 않았다. 딸의 명확한 꿈이 무엇인지도 알고, 지금까지 얼마나 고생했는지도 알기 때문이었다. 그리고 조금만 더 하면 되지 않을까 하는 희망 때문이었다.

어느 날은 교회 목사님 사모님께서 어떻게 됐냐고 물어보시기에 나도 모르게 돈을 주고서라도 교사 자리를 살 수 있다면 사고 싶은 심정이라고 말을 했다. 딸이 너무 힘들어하는 것을 보았기 때문이다.

0.23점으로 불합격해서 너무 아깝다고 했던 그해, 하지만 어쩔 수 없다면서 딸은 다시 공부하겠다고 했다. 그리고 1년이라는 시간이 흘렀다. 결과가 나던 날, 온 가족이 마음을 졸이고 있었는데, 합격이라는 소리가 들려왔다. 정말 더할 나위 없는 기쁨이었다.

그때 각자의 방에 있던 네 명의 자녀들이 일제히 나와 서로 안고, 방방 뛰며, 좋아하던 모습이 눈에 선하다. 그리고 우리 가족은 모두 하나가 되어 손을 잡고 무릎을 꿇고

감사 기도부터 드렸다. 그 모습은 나에게 영원히 잊히지 않을 이미지로 남아 있다. 시험을 보는 당사자가 가장 많은 고생을 하지만 한 마음을 가지고 함께 원하고 느끼기에 기쁨이 배가 되었다.

가족이라는 울타리 속에서 기쁨은 나 혼자만의 기쁨이 아니고, 행복은 나 혼자만의 행복이 아니다. 모두의 기쁨과 행복이 된다.

기쁨과 행복은 그냥 주어지지 않는다. 큰 시련과 아픔을 동반할 때가 많다. 0.23점 때문에 실패하고 아픔을 느끼기도 한다. 그때 우리는 잠깐 고민을 할 것이다. 계속 가야 하는지, 아니면 다른 길로 경로를 변경해야 하는지.

중요한 건 시련과 시험 앞에서 자신을 믿는 것이고, 그 믿음대로 나아가는 일이다. 결국엔 내가 바라는 대로 될 거라는 믿음을 가지고, 묵묵히 할 일을 하는 것이다. 그러면 반드시 시련과 아픔이 기쁨과 행복이 되는 날이 올 것이기에.

나로 살아가기

내 인생은 내가 만들어간다

사람에겐 저마다의 고유한 이름이 있다. 사람뿐 아니라 사물도 마찬가지다. '이름대로 산다'라는 말 들어보았는가? 난 그 말을 어느 정도 믿는다. 매일 누군가에게 불리는 이름인데, 좋은 이름으로 불리면 인생이 좋게 될 것만 같다. 하지만, 난 내 이름이 마음에 들지 않았다.

열아홉이 살이 되던 해, 그동안 지나왔던 세월을 돌이켜보았다. 꽃다운 나이에 난 너무 고생만 하며 산 것 같았다. 그런데 왜 그게 내 이름 때문인 것 같았는지….

어렸을 때 부모님이 지어주신 이름 때문에 불편한 게 한둘이 아니었다. 지금은 흔하지 않지만, 그 당시에 아주 흔

한 이름이었나보다. 예쁘지도 않은 이름을 왜 그렇게 흔하게 썼는지 모르겠지만.

 공교롭게도 내 이름이 당숙모 딸과 같았다. 당시 당숙모는 다른 동네에 살고 계셨는데 갑자기 돌아가셨다. 내 이름과 같은 당숙모 딸은 내가 사는 큰 집으로 들어왔고, 어르신들은 그때부터 내 이름을 바꿔서 부르기 시작했다.
 내가 당숙모 딸보다 2개월 늦게 태어났다는 게 이유였는데, 바꿔서 부르는 그 이름마저 내 마음에 들지 않았다. 게다가 당숙모 딸과 같은 반이 된 게 아닌가! 같은 이름을 구분하기 위해 우리는 반 번호로 불려야 했다.

 애초부터 내 이름이 마음에 들지 않았는데, 이런 불편함까지 생기니 난 불만이 생기기 시작했다.
'이런 마음으로 평생을 살아야 한다고? 나도 내가 좋아하는 이름으로 누군가에게 불리면 얼마나 좋을까?' 생각은 꼬리에 꼬리를 물기 시작했다.

 불편함과 불만은 다른 방법을 찾고, 행동하게 만드는 좋은 동기부여가 된다. 급기야 난 '왜 꼭 누군가 지어주는 이름으로 살아가야 하지? 내가 마음에 드는 이름을 지으면 안 되나?' 생각하다가 이름을 바꾸기로 했다.

그때 마음속에 떠오른 이름은 '명희'라는 이름이었다. 한자로 하면 밝을 명(明)에 기쁠 희(嬉) 였다. 이왕 사는 인생 밝고 기쁘게 살고 싶었다. 그 이후 만나는 사람들에게 나를 명희라고 소개했다. 처음에는 사람들이 의아했지만, 점점 익숙해졌다. 그리고 차츰 나를 명희라고 부르는 사람들이 많아졌다. 하지만 호적에 있는 공식적인 이름은 바뀌지 않았다.

어느 날, 법원에 방문할 일이 있어서 방문했다가 '개명'이라고 쓰인 창구를 보게 되었다. 이름을 바꾸려면 어떻게 해야 하냐고 물어봤더니 이십 만원과 증인 두 사람만 있으면 가능하다고 했다. 생각보다 어렵지 않았다. 난 개명을 위한 서류를 작성하고 지인 두 명에게 증인을 서달라고 부탁했다. 그리고 돈을 내니 아주 쉽게 개명이 되었다.

부모님이 지어주신 이름은 없어지고, 내가 지은 이름이 호적에 올라가 있다. 그리고 내 이름대로 난 밝고 기쁘게 하루하루를 채워가고 있다.
옛날에 개명해서 지금은 어떻게 하는지는 모르겠다. 아마도 지금은 더 쉬워졌을 것이다. 개명을 쉽게 하는 걸 보면.

이름, 별거 아닌 거 같아도 전부가 될 수도 있다. 한 사람의 인생을 좌지우지할 수도 있는 것이다. 그리고 생각해 본다. 내가 만약 그때 적극적으로 내 이름을 바꾸지 않았다면 난 지금 어떤 삶을 살고 있을까? 이름을 내 뜻대로 지으면서 적어도 난 내 인생을 내가 원하는 대로 살아왔다는 생각이 든다. 그때 난 내 인생을 대하는 태도를 결정한 것 같다. 누군가로부터 규정되어 지는 삶이 아닌 스스로 만들어가는 인생을 살겠다고 말이다.

어떤 일화가 생각이 난다. 아버지가 딸을 불러놓고 너는 누구 복에 사느냐고 물었다고 한다. 딸은 "저는 제 복에 살아요."라고 대답을 해서 아버지가 원하는 답이 아니었다고. 아버지는 부모덕에 산다고 하는 대답을 원했는데 딸은 그 대답을 하지 않은 것이다. 그 이후 아버지는 딸에게 "그러면 나가서 네 복에 살아라."하고 집에서 내보냈다고 한다. 그런데 그 이후 부모의 재산은 없어지고, 딸은 많은 재산으로 풍족하게 살았다는 이야기다.

이 이야기를 듣고 사람마다 생각하는 바는 다 다를 것이다. 나는 자신의 복을 만들면서 사는 딸의 당찬 모습이 매력적으로 다가왔다. 어떤 이야기 속에서 공감되는 인물이 있다면 바로 그게 내 처지와 비슷해서 그런 건 아닌지, 그

인물의 태도가 나의 가치관과 맞아떨어지지는 않는지 생각해 보면 좋다.

 난 누군가 부여해 주는 삶이 아닌 내가 적극적으로 만들어가는 삶을 선택했고, 그렇게 나만의 인생을 개척하면서 아직도 나아가고 있다.

제발, 살려 주세요

남편은 공수부대 군인이어서, 난 종종 부대에서 하는 행사에 참석하곤 했다. 김장철에는 부대에서 군인 가족이 모여 군인 장병들을 위한 김치를 담았다. 일 년에 하루, 가족들은 만반의 준비를 하고 부대로 들어간다. 군인 장병들이라고 가만히 있는 건 아니었다. 배추를 다듬고 소금에 절여 씻고, 배추를 버무릴 속까지 준비해 놓으면 우린 앞치마를 두르고 배추에 속을 넣으며 김장을 시작한다. 김장은 아침부터 시작되는데 중간에 점심을 먹고 오후까지 이루어진다. 처음에 시작할 때는 언제 다할까 했는데, 어느 순간 끝나고 있는 걸 볼 수 있다. 김장을 마치고 나면 뿌듯함이 몰려왔다.

그날도 김장하는 날이 되어 부대에 갔다가 김장을 마치고 보니 남편이 퇴근할 시간이었다. 기다렸다가 같이 집에 가야겠다 싶어 연락하니 남편이 의무대에 있다는 것이다. 아침까지만 해도 멀쩡하던 남편이 의무대에 있다고 하니 별일 아니겠지 생각했다. 남편은 의무대에서 쉬다가 괜찮아지면 온다고 해서 나는 먼저 집으로 갔다. 그런데, 저녁을 먹고 밤늦은 시간이 되었는데도 남편은 집에 오지 않았다. 아마도 누워 있다가 잠이 들었나 생각하고 나도 잠을 청했다.

다음 날 아침이 되었고, 난 걱정이 돼서 부대로 연락했다. 그런데 난데없이 남편이 대전통합병원으로 이송되었다고 하는 것이다. 남편과는 연락할 수 없고, 관계자에게 전해 들으니 더 걱정되었다. 무슨 상황이냐고 물어봐도 관계자는 아직 모르겠다고, 지켜봐야 알 수 있다는 답변만 했다. 그 이후로 난 아무것도 할 수 없었다.

어떤 일이 생겼을 때 원인을 아는 것과 모르는 것은 천지 차이다. 원인을 알면 대처 방법을 찾을 수 있지만, 원인을 모르면 어떻게 대응해야 할지 모른다. 그만큼 원인이 중요한 것인데 원인을 모르겠다니 나도 마음이 불안해질 수밖에 없었다.

종일 난 전화기만 보고 있었다. 전화벨이 울릴 때마다 심장이 쿵쾅거렸다. 그러다 오후 늦게 연락이 왔고, 이젠 대전통합병원에서 헬기를 타고 수도통합병원으로 이송되었다고 했다. 마음이 너무나도 답답했다. 어디가 아픈지도 모르고, 상황이 어떻게 안 좋아졌길래 수도통합병원까지 가나! 내 눈으로 직접 확인해야 했다.

서둘러 준비하고, 기차표를 끊고 서울로 향했다. 기차를 타고 가는 내내 어떤 말을 할 수 없었다. 아무 일 없게 해달라고 마음속으로 간절히 빌 뿐이었다. 그 시간이 내가 이제껏 살아온 시간 중 최고 길고 답답한 시간이 아니었을까 한다.

드디어 병원에 도착했고, 남편을 볼 수 있었다. 불과 엊그제 본 남편인데 몰라볼 정도로 다른 사람이 되어 있었다. 얼굴은 살색이 아닌 검은색이었고 부어 있었으며, 피부도 마찬가지였다. 그리고 머리카락은 다 밀고 없었다.

"이게 무슨 일이야?"
난 남편을 보자마자 애써 참아온 눈물을 쏟아냈다.
"이제 왔어?"
"이제 오냐니! 얼마나 걱정했는데! 왜 그런 거래?"
"감기인 줄 알았는데, 유행성 출혈열이래!"

난생처음 들어보는 병명인 유행성 출혈열! 유행성 출혈열은 벌레에 의해 감염되는데 살에 빨간 반점이 일어나고 두통, 근육통, 고열이 나타난다고 했다. 감기 증상과 비슷해서 사람들은 처음에 감기·몸살이라고 생각할 수 있다고 했다. 도대체 어디에서 감염이 된 것일까? 이 병은 움직이는 대로 핏줄이 터지므로 잘못하면 사망할 수도 있다고 한다. 이해가 가지 않았다. 아니 받아들일 수 없다고 표현하는 말이 맞으려나?

 머리카락은 다 어디 있냐고 물었더니 머리털을 깎아 반은 뿌리고, 반은 침대 밑에 두었다고 한다. 본인도 얼마나 충격이었으면…. 맘 놓고 슬퍼할 새도 없었다. 남편이 있던 곳은 특수 병실이어서 점심시간에만 면회를 잠깐 하고 나와야 했기 때문이다.

 '남편이 잘못되면 어쩌지?'라는 생각을 단 한 번도 해본 적이 없었다. 그런데 그 생각이 드는 순간, 너무나도 두렵고 막막했다. 아마도 남편을 많이 의지하고 있었나 보다.
 또, 나도 모르게 원망의 마음이 들었다. 누구를 향한 원망의 마음이었는지는 모르겠다. 사람에 대한 원망이었을까?

기차를 타고 갈 때와는 또 다른 간절함이 솟구쳤다. 그리고 마음속으로 외쳤다.

'제발, 남편을 살려주세요!'

그렇게 그분을 만났다

 병원에 다녀오고 며칠이 지났지만, 남편이 좋아졌다는 소식은 들리지 않는다. 오히려 생사의 기로를 헤매고 있다. 집에 있으려니 걱정이 돼서 잠을 이룰 수가 없다. 병원에 가서 남편의 얼굴을 봐야겠다는 생각이 강해져서 난 친정엄마한테 전화했다.

"엄마, 애들 좀 봐주세요."
 아이들을 병원에 데려갈 수는 없었다. 걱정은 나 혼자로 충분하기 때문이다.

 정해져 있는 시간에만 면회를 할 수 있어 시간 맞춰 부랴부랴 병원으로 향했다. 다행히 좀 일찍 도착해서 병원

앞에서 기다렸다. 그런데 누군가 말한다. 오늘 사망한 분이 계신다고. 아직 열리지 않은 병원 문을 바라보며 마음을 졸인다. 문이 열리고 나는 제일 먼저 면회 장소로 향했다. 조금 후에 남편이 모습을 드러냈다. 조금이라도 차도가 있을 줄 알았는데, 힘없는 남편의 모습이 너무 안쓰러웠다. 아이들에 관한 이야기, 그리고 조금만 더 힘내서 이겨 달라는 말을 하고 나는 병원을 나왔다.

기차를 타고 다시 왔던 길을 간다. 창밖으로 보이는 풍경을 바라보았다. 오는 길에는 이런 풍경마저 보이지도 않았는데…. 하늘은 높고 구름은 파랗고, 들판은 황금물결로 넘실대고 있었다. 세상은 풍요롭고, 더없이 평화로웠다. '요 며칠 계절을 느낄 새도 없었구나!' 하고 생각했다.

그리고, 점점 나에겐 이상한 일이 일어났다.

평화로워 보이는 일상과 달리 내 마음은 점점 요동을 쳤다. 저승사자가 나타나는 환상이 보이기 시작했다. 처음엔 조금씩 보이더니 시간이 지나면서 시도 때도 없이 보였다. 화장실을 갈 때고, 빨래할 때도 나타났다.
너무나도 두려운 마음이 들어 다른 것에 집중하려고 텔레비전을 켰다. 그런데 갑자기 텔레비전 화면이 멀어졌다가 가까워졌다 하는 것이다. 분명 텔레비전은 움직일 수 없는데, 머리가 너무 어지러웠다. 그리고 무엇보다 내 마음이 계속 쿵쾅거렸다. 요동치는 내 마음을 다스릴 수가 없었다. 아무리 힘든 일이 있어도 난 마음을 잘 조절할 수 있다고 생각했는데, 갑자기 아무것도 자신할 수가 없었다. 어디에 마음을 터놓고 말하면 괜찮을까 했는데, 터놓고 말할 데도 없었다.

처음에 이런 현상이 나타났을 때는 일시적인 현상이라고, 시간이 지나면 괜찮아질 거로 생각했는데 그게 아니었다. 간헐적으로 보이던 것들이 빈번하게 반복되었다. 그리고 특정 시간에 유독 불안함이 심해지는 것을 느낄 수 있었다. 시간이 흐르면서 지켜보니 수요일 저녁과 일요일에 마음이 심하게 요동쳤다. 그 시간은 바로 교회 다니는 사람들이 예배를 드리는 시간이었다.

'이게 과연 우연의 일치일까? 무슨 뜻이 있는 걸까?'
이대로 가만히 두어선 안 되겠다는 생각, 뭐라도 해봐야 하겠다는 마음이 들었다. 그때 계속해서 나에게 교회에 나오라고 하던 언니가 생각나서 언니를 찾아갔다.
"명희 네가 웬일이야?"

언니에게 요즘 나의 마음 상태에 대해 자초지종 설명하니 언니는 목사님 모시고 예배를 한번 드려보자고 했다. 난 지푸라기라고 잡고 싶은 심정이었다. 언니는 그 자리에서 목사님께 연락을 취했다. 그리고 목사님께서 우리 집으로 방문해주셔서 예배를 드렸다.

"지금까지 지내온 것, 주의 크신 은혜라."라는 찬양을 부르면서 나도 모르게 울컥했다. 지난날에 대해, 그리고 현재 내게 일어난 일에 대해 원망만 하고 있었는데… 찬양을 부르면서 나도 모르게 지난날에 대한 감사가 나왔고, 눈물이 흘러내렸다. 부정으로 가득했던 내 마음이 조금씩 누그러지는 듯했다.

그리고 난 그 주부터 교회에 나가기 시작했다. 처음엔 교회라는 공간이 익숙지 않아서 맨 뒷자리에 앉았는데, 주위가 빙글빙글 도는 것만 같이 어지러움이 느껴졌다. '뒤에 앉아서 그런 걸까?'라고 생각하며, 그다음부터 앞자리에 가서 앉았다. 신기하게도 어지러움이 없어졌다.

누군가 전도하러 와서 벨을 누르면 난 문도 열지 않고 교회 다닌다고 거짓말을 했었다. 지금은 모르는 사람 집의 벨을 누르는 건 상상할 수도 없지만, 그때는 그게 가능하던 시절이었다. 성경책을 들고 다니는 사람들을 보면 이해가 가지 않았고, 교회 다닌다고 별 볼 일 없다고 평가했던 나였다. 내가 내 삶을 철저하게 지키며 이웃에게 피해 끼치지 않고 살아간다고 자부했었다. 나를 믿는 게 최선이고, 최고라고 여기면서 살았는데, 나를 믿을 수 없는 상황이 되어버린 것이다.

모든 상황이 코너로 몰리는 것 같은 때가 있다. 내 힘으로 모든 걸 할 수 있다고 생각했는데, 그렇지 않음을 알게된다. 그리고 나도 모르게 간절히 기도하게 된다. 뭔지 모르겠지만 잘못했다고. 제발 용서해 달라고. 다시 한번 기회가 있다면 제대로 잘 살겠다고.

계속되는 위기와 부르심 앞에 난 그냥 나를 그분께 맡기기로 했다.

안 되면 되게 하라

교회는 부대 안에 있었다. 이제 교회를 다니는 교인이 되어 많게는 일주일에 두 번, 적게는 일주일에 한 번 부대에 들어간다. 대부분 부대와 군인 아파트가 함께 있는데, 여긴 그렇지 않아 10분 정도 차를 타고 가야 했다. 부대 입구에서는 군인들이 항상 지키고 서 있고, 차량 확인을 하고 안으로 들여보내 준다. 보통 부대 버스를 이용하면 크게 검사할 일 없이 들어갈 수 있다.

차가 부대 입구에 들어서면, 사거리가 나오는데 중앙에 큰 비석이 있다. 거기엔 이런 문구가 쓰여 있다. "안 되면 되게 하라!" 처음에 그 문구를 봤을 때 난 생각했다. '안 되는데 어떻게 되게 하지? 안 되면 그냥 포기해야 하는 거 아닌가?'라고.

처음에 교회에 갔을 때도, 난 문 앞에 크게 쓰여 있는 이 문구를 보았다. "안 되면 되게 하라!" 그때는 조금 마음이 달라졌다. '안 되는데 되게 할 수 있을까?' 이렇게 말이 다.

같은 말이라도 현재의 내가 가진 감정, 그리고 상황에 따라 받아들이는 게 달라진다. 전에는 나와 상관없는 것이었다가도, 현재는 영향을 주는 것이 될 수 있다. 나에게 지금 저 문구의 믿음이 필요한 시점이었다. 그리고 계속 되뇌었다.

"안 되면 되게 하라. 안 되면 되게 하라. 안 되면 되게 하라."

익숙함의 힘일까, 언어의 힘일까? 아니면 간절함의 힘일까? 내 생각과 마음이 점점 달라지는 것을 느낄 수 있었다.

믿음이라는 것, 교만과 아집으로 가득했던 내 마음을 비워내는 일이었다. 기를 쓰며 무언가를 이루려고 하는 게 아니라, 자연스럽게 이루어질 수 있게 여유 공간을 확보하는 일. 그리고 누군가에게 나의 자리를 내어주는 일이었다. 그러면 여유는 확신이 서고, 그 확신은 실상이 되어 나타난다. 부정으로 가득했던 마음은 긍정으로 가득 차면서 그 마음대로 상황은 변하게 되는 것이 아닐까.

매일 하는 '언어'도 정말 중요한 것 같다. 상황만 보면 힘든 일만 계속되고, 나아질 것 같지 않은데 긍정의 언어를 계속 보면서 말하니 그렇게 될 수도 있겠다는 생각이 들었다. 또, 사람의 능력만 보면 제한할 수밖에 없는데, 이 세상을 만들고, 불가능을 가능케 하는 더 큰 존재가 있다는 사실을 바라보고 나서 내가 달라지는 것을 느꼈다. 마음이 안정되었고, 그 어떤 일이 생긴다고 하더라도 받아들일 수 있는 용기가 생기기 시작했다.

그리고 난, 기적을 경험했다. 한 달 전까지만 해도 생사를 오갔던 남편의 건강이 완전히 회복된 것이다. 사실 안색은 더 안 좋아지고, 시름시름 앓는 남편을 보면서 난 '다 죽어 간다!'는 표현을 쓰면서 주변에 말하곤 했었다. 한 달 뒤 시동생과 남편 면회를 하러 갔었을 때, 몰라보게 좋아진 남편의 모습을 볼 수 있었다. 시동생은 말했다. "다 죽어 간다더니 멀쩡하네."

난 남편을 보면서 생각했다.

'정말 안 되면 되게 하면 되나? 기도에는 정말 힘이 있는 것일까? 하늘에 계신 분께서 나의 간절한 기도를 들으시고 역사를 만들어 주신 것일까?'

내가 평소에 기도할 때 자주 하는 멘트가 있다.

"죽은 자를 살리시며, 없는 것을 있는 것 같이 부르시며, 불가능을 가능케 하시는 기적의 하나님!"

이렇게 매일 외치면서 난 기적을 소망하게 되었고, 기적을 맛본 거나 다름이 없었다. 어쩌면 기적은 나의 믿음인지도 모른다. 믿음은 그렇게 될 거라는 나만의 확신이고. 그리고 어떤 일은 믿는 만큼 된다. 그럼 이런 결론에 도달한다.

비록 실상이 없다고 하더라도, 더 큰 믿음을 가져야겠다는 마음! 결국, 믿는 만큼 될 것이기 때문에….

예전엔 아이들에게도 안 되면 애쓰지 말라는 이야기를 했었는데, 지금은 누구에게도 이렇게 말한다.

"안 되면 되게 하면 되지."

또 한 번의 위기

여러 일을 겪고, 나의 신앙의 깊이는 점점 더 자라기 시작했다. 아이들에게 다른 것들은 줄 수 없어도 '신앙의 유산'만큼은 확실하게 주자고 다짐했다. 아이들을 신경 써서 키운다고 했지만, 먹고 사는데 바빠서 많이 신경 쓰지는 못했다. 그래도 어렸을 때부터 교회에서 말씀을 최우선으로 삼으며 자라게 했다. 바쁜 엄마에게 불평하지 않고, 자기 자리에서 최선을 다하는 아이들이 정말 고마웠다.

아이들 네 명을 키우는데 드는 돈은 만만치 않았다. 남편은 공수부대 군인으로, 근무 외 초과수당을 받을 수 있는 훈련은 다 참여했다고 해도 과언이 아니다.

공수부대는 강하 훈련이라고 해서 헬기를 타고 하늘에서 낙하산을 타는 훈련이 있다. 생명 수당이 나올 정도로 생명을 담보로 하는 고도의 훈련이다. 남편이 강하 훈련이 있다고 하면 나는 초긴장 상태가 된다. 낙하산을 탈 때 꼭 어딘가 다쳐서 오기 때문이다. 어느 날은 팔을 다치고, 어느 날은 다리를 다쳐 온다. 그래도 꿋꿋하게 버텨주는 남편을 보며 많이 의지가 됐다.

어느 날, 남편이 파병을 가겠다고 한다. 들어보지도 못한 동티모르라는 나라로! 아이들은 중, 고등학생이었고 대부분 시간을 학교에서 보낼 때였다. 다른 나라로 파병을 가면 힘든 일이 있겠지만, 남편이 간절히 원하고 있었다. 그동안 훈련받느라 고생했는데, 의외로 파병을 가면 휴식의 시간이 될지도 모른다는 생각이 들어 다녀오라고 했다.

동티모르는 더운 나라라고 했다. 남편은 준비해서 동티모르로 갔고, 정기적으로 전화해서 소식을 전해주었다. 지금처럼 누구나 다 스마트폰이 있고, 인터넷이 발달해 멀리 있어도 옆에 있는 것처럼 느껴지는 시대는 아니었다. 국제 전화였기 때문에 길게 통화하지 못하고, 생사만 확인하고 끊는 수준이었다.

그런데 어느 날부터인가, 남편의 전화가 오지 않는다. 무슨 일 있나 해서 함께 파병 나간 분의 사모님을 찾아가 남

편의 소식을 물었다. 전화가 오면 물어보고 알려주겠다고
해서 집으로 왔다. 걱정하지 말라고는 했지만, 걱정을 안
할 수가 없었다. 이상하게 마음이 불안했다.

며칠 뒤, 난 또 하늘이 무너지는 듯한 소식을 들었다. 남
편이 그곳에서 '말라리아'에 감염되었다는 것이다. 말라
리아는 모깃과에 의해 감염되는 급성 열성 전염병이다.
한 번의 고비를 겪고 다시는 이런 위기가 없을 거로 생각
했는데, 또 전염병에 걸리다니!

"도대체 저에게 왜 그러시는 거예요? 제가 무슨 잘못을
그렇게 했다고요?"
난 남편의 소식을 듣자마자, 하늘에 계신 분께 울며 소리
쳤다.
나의 잘못과는 상관없는 일일 텐데, 좋지 않은 일이 일어
날 때 내가 뭘 잘못해서 일어난 것 같은 기분을 가질 때가
있다. 하지만 일어날 일은 어떻게든 일어난다는 사실이
다. 내가 그렇게 해서 그런 결과가 난 게 아니라. 쓸데없
는 죄책감에서 벗어날 필요가 있다.
한동안 멍해 있다가, 원망과 한탄만이 답이 아님을 알았
다. 그래서 내가 할 수 있는 일을 하기로 했다. 하지만 머
나먼 타국 땅에 있는 남편을 위해 내가 할 수 있는 일은

없었다. '안 되면 되게 하라.'는 정신도 이때는 힘을 잃었다.

예전에 겪은 일로 마음이 단단해졌을 줄 알았는데, 그렇지도 않았다. 전과는 또 다른 느낌의 두려움이 엄습해온다. 눈물이 마르지 않고, 마음이 답답해서 울부짖지 않으면 버틸 수가 없었다.

마음을 짓누르는 답답함이 있을 때, 쌓아두지 말아야 한다. 어떻게든 밖으로 꺼내야 한다. 그래야 마음에 새살이 돋아난다. 아프고, 슬픈 마음은 그대로 방치하지 말고, 어떻게든 치료해야 한다. 나의 유일한 해소 방법은 '기도'였다. 기도할 땐 마음껏 울 수 있고, 소리칠 수 있었다.

이번엔 남편의 아픈 모습을 보지 못한 것이 오히려 나았을지도 모른다. 얼굴을 봤으면 마음만 더 아팠을 테니까. 이 소식을 들은 교회 사람들은 합심해서 기도해 주었다. 함께 해주는 사람이 있어서 든든했고, 나도 약해지지 말고 힘을 내야겠다고 생각했다. 생각대로 잘 되진 않았지만.

내가 기도할 수밖에 없는 이유

남편이 생사를 오가는 전염병에 걸린 경험을 두 번이나 한 사람이 또 있을까? 좀 행복하게 살려나 하면 여지없이 시련이 찾아온다. 파도가 치고 폭풍우가 치는 가운데 평안함을 유지할 수 있는 사람이 얼마나 될까? 대부분 이리저리 비틀거릴 것이다.

처음으로 남편이 유행성 출혈열에 걸려 생사를 오간다고 했을 때 하늘이 무너지는 것 같았다. 당황스럽고 막막했다. 그런데 어떻게든 시간은 흘러가고 해결된다는 것을 알았다. 그리고 어떤 상황에서든, 내가 원하는 결과가 나오든 안 나오든 받아들여야 한다는 것도 배웠다.

두 번째로 저 먼 타국에 파병을 가서 말라리아라는 전염병에 걸렸다는 소식을 들었을 때는 전처럼 당황스럽거나 힘이 빠지는 것 같지는 않았다. 그때는 분노와 원망의 감정이 더 컸다. 비슷하게 힘든 일을 겪어도 받아들이는 감정이 다르다는 걸 알았다.

내가 좋아하는 속담이 하나 있다. "호랑이에게 물려가도 정신만 차리면 산다."라는 말이다. 어떤 모진 일이 와도 정신을 차리고, 지지 않겠다는 다짐을 할 수 있는 말이다. 어려움이 왔을 때 대처하는 방법은 모든 사람이 다를 것이다. 할 수 있는 일이 없다고 포기하는 사람이 있을 수 있고, 어떻게든 이겨내려고 하는 사람이 있다. 나는 어려움을 극복하기 위해 부단히 노력하는 편이다.

어려움을 극복하기 위해서는 어떻게 해야 할까? 내가 평소에 가지고 사는 삶의 태도가 중요하다고 생각한다. 태도는 내가 평소에 하는 '말'에서 나타난다. 마음에 가득한 생각은 반드시 '말'이 되어 나오고, 말은 반드시 현실이 되면서 나의 삶을 결정한다. 마음에 좋은 것을 품고 사는 사람은 좋은 말을 할 수밖에 없고, 나쁜 마음을 가지고 산다면 하는 말도 곱지 않다. 현재 상황이 좋지 않더라도 좋은 마음을 품고 산다면, 결국 그 생각대로 흘러가기 마련이다. 그걸 알기에 난 항상 좋은 마음을 품으려 노력했고, 희망을 꿈꿨다. 그 결과 대부분의 일은 내가 믿는 대로 되었다고 생각한다.

그렇다면 어떻게 좋은 마음을 유지할 수 있을까? 나는 '기도'에 답이 있다고 생각한다. 신앙이 있든지 없든지 기도는 할 수 있다. 원하는 일이 있을 때 자신도 모르게 그 일이 이루어지길 바라면서 빌게 되지 않는가! 기도는 내가 모든 걸 할 수 없음을 인정하는 일이다. 그러면서 마음을 좀 내려놓게 된다. 그렇게 마음에 여유가 생기고, 어떤 상황에서도 긍정적으로 해석하는 힘이 생긴다. 좋은 마음을 유지하다 보면, 상황이 좋게 흘러가는 경우를 많이 본다.

기도하면서 난 어떤 일이든 담담히 받아들일 수 있게 되었다. 내 생각대로 모든 게 이루어져야 한다는 아집과 집착에서 벗어났다. 예전부터 바른 생활했던 나는 기준에 맞지 않는 행동을 하는 사람들을 보면 나름대로 판단하는 마음이 있었다. 그 마음이 사라지며 사람들 개개인을 인정하고, 어쩔 수 없는 상황에 대해 이해를 할 수 있게 되었다.
매번 위기의 상황이 있을 때마다 난 좋은 상황을 그리며 내가 믿는 일들이 일어나기를 바라고 구했다. 반짝이는 재능을 이기는 건 매일 하는 노력이란 걸 알기에, 난 시간을 정해놓고 기도하기로 했다. 위기의 순간에만 기도하는 것이 아니라 어떤 위기의 순간이 와도 담담히 지나갈 수 있게 평소에 그 힘을 잘 쌓아놓아야겠다고 생각했다. 일어나는 일에 불평과 불만을 가지기보다, 그 일에 감사하면서 기도하기로 했다. 당장에 감사하는 마음은 들지 않더라도 다 해결된 후의 모습을 그리면서.

 그렇게 보면 위기는 꼭 나쁜 것만은 아니다. 위기가 오지 않고 평탄하게 산다면 더없이 좋을 것이다. 하지만 위기를 맞는다면 위기를 통해서 그 속에서 배울 것들을 배우면서 나아가면 된다. 그로 인해 자신은 더 단단해질 것이고, 삶을 포용할 수 있는 범위가 넓어지기 때문이다. 그리고 삶의 태도를 확립할 기회가 되기도 한다.

 내가 맞았던 삶의 위기들로 인하여 난 기도를 하며 살 수밖에 없다는 결론을 내렸다. 나를 의지했던 내가 아무것도 할 수 있는 게 없었으니까. 오직 전능하신 그분께 상황을 바꿔 달라고 의지할 수밖에 없었으니까. 그리고 그 전능하신 분은 어떤 상황이든 다 고쳐주시고 회복시켜 주실 수 있으니까.

그리고 또 그렇게 남편이 회복되어, 안전하게 돌아올 수
있었으니 말이다.

인생에서 가장 젊은 날이니까

세상에 아무런 '빽'이 없던 나에게 기도는 든든한 '빽'이 되어주었다. 뜻하지 않게 계속되는 힘든 일을 겪으면서, 다른 생각 갖지 않고 버티면서 살 수 있게 해준 힘은 바로 기도였다고 할 수 있다. 기도하면서 내 마음의 응어리들을 다 쏟아낼 수 있었고, 마음에 평안을 찾을 수 있었다. 평안을 찾은 후에는 원하는 것들을 바랄 수 있었다. 기도대로 이루어지는 것을 몇 번 경험하고 나니 기도를 안 할 수가 없었다. 당장에는 몰라도 시간이 지나고 대부분 알 수 있었던 일들이다.

그 힘을 알고 나서 난 새벽 4시 30분에 일어나서 매일 기도를 한다. 교회를 다니면서 난 신앙생활을 열심히 하였다. 시간이 어느 정도 흐르고 아이들은 대학에 가고, 사회생활을 하게 됐다. 힘든 시간을 겪을 땐 그렇게 가지 않던 시간이 지금은 너무나도 빨리 가는 것을 느낀다.

아이들이 크면 엄마의 시간은 점점 많아진다. 아이들을 키우기 전엔 그게 너무나도 당연해서 소중한 줄 몰랐는데, 지금은 그 시간이 얼마나 소중한지 안다. 나는 그 시간의 대부분을 배우는 데 쓴다.

처음엔 난 성경을 배우기 시작했다. 모든 하면 부지런하고 열심히 한다는 것을 알기에, 주변에서는 그런 나를 보고 신학 공부를 하라고 권했다. 그때마다 나는 손사래를 쳤다. 단 한 번도 생각해 본 적이 없을뿐더러, 은혜를 받았다고 다 신학 공부를 해서 목사가 되면 돕는 역할을 누가 하느냐며 난 돕는 자리에 있겠다고 말했다.

그런데 어느 날, 교사가 된 딸이 내게 신학 공부를 하면 좋겠다고 하는 것이다. 생각이 없던 일도 계속 들으면 관심이 가게 마련이다. 주변에서 반복적으로 하는 얘기를 들으면서 난 생각했다. '주변에서 그렇게 말하는 건 다 이유가 있지 않을까?'
그 후에, 난 담임 목사님과 함께 아는 권사님의 집에 심방을 가게 되었다. 그때 난 목사님께 딸이 나에게 한 이야기를 하였다. 목사님은 그냥 웃어넘길 줄 알았는데, 목사님 또한 나에게 신학 공부를 하면 좋겠다고 말씀하셨다. 그리고 내가 할 수 있는 신학 공부도 적극적으로 소개해 주셨다.

집에서 차로 30분 거리에 내가 다닐 수 있는 신학원이 있었다. 나는 그렇게 신학원에 등록하고, 매주 토요일마다 가서 본격적으로 공부를 시작했다. 늦게 하는 공부에 시간 가는 줄 몰랐다. 그렇게 공부를 시작하고 몇 년 동안 거의 집중했다고 할 수 있다.

신학원은 지방에 있었지만, 서울에도 지부가 있어 전국의 신학원 생들이 한자리에 모이는 기회가 일 년에 두 번 있었다. 봄, 가을이 되면 기독교 백주년 기념관에서 미국에 계시는 목사님을 초청해서 콘퍼런스를 개최했다. 2박 3일 동안 개최되는 콘퍼런스였는데, 난 웬만하면 빠지지 않으려 했다. 대부분 말씀을 듣고 찬양하고 기도하는 시간이었다.

"너희가 믿을 때 성령을 받았느냐?"

성령은 확실히 받았지만, 능력은 아직 모르겠는 느낌이다. 내가 능력이 있다고는 생각하지 않았지만, 시간이 지나면서 능력을 받고 싶다는 생각이 들었다. 가볍게 신학 공부를 시작했지만, 시험을 치지 않을 수 없어 과정 이수를 다 하고 나서 강도사가 되는 시험을 쳤다. 그리고 합격

했다. 강도사가 된 사람들을 축하해주는 자리가 있었는데 동생과 딸이 와서 이러한 이야기를 하는 것이다.

"이젠 목사고시에 도전해야 하겠네요?"

목사까지는 생각도 없고, 강도사까지만 하고 그만둘 생각이었는데, 그 말을 듣고 나니 이왕 하는 거 끝까지 해볼까 하는 생각이 들었다. 그리고 난 환갑이 넘은 나이에 목사 고시를 치고 목사가 되었다.

생각도 없었는데 자연스럽게 흘러가는 일이 있다. 그때는 거부하기보단 그 흐름을 타보는 것도 좋지 않을까? 그게 자신의 운명이 될 수도 있으니.

혼자 힘으로만 해야 한다면 힘이 들지만, 옆에서 도움의 손길이 있을 때 자연스럽게 따라가다 보면 목표한 지점에 도달하게 된다. 그런 일을 몇 번 겪고 나니 주변 사람들의 소중함을 알게 된다. 그리고 더 귀를 기울이고, 마음을 열게 된다. 혼자서는 절대 살아갈 수 없는 세상이고, 인생에서 전환점이 될 만한 기회는 주변 사람의 '한 마디'에서 오는 경우도 있으니 말이다.

환갑이 넘은 나이에 뭔가를 시작한다는 건 어렵기도 하지만, 즐거운 일이기도 하다. 많은 사람이 사실 시작할 엄두를 내지 못한다. 하지만 사람의 평균 수명은 점점 늘어나고 있고, 요즘은 백세 시대가 아니던가! 그렇게 생각하면 인생의 반이 조금 넘은 시점이고, 살아갈 날이 많다는 사실이다. 그리고 늦었다고 생각할 때가 가장 빠를 때라고 하니까. 만약 마음속에 담아두었던 소망, 하고 싶었던 일이 있었는데 하지 못했던 것들이 있다면 주저하지 말고 도전해 보라고 말해주고 싶다.

오늘이 남은 인생에서 가장 젊은 날이니까!

결국, 모든 것은 지나간다

"엄마! 아파! 엄마! 아파!"

뽀얀 얼굴이 빨갛게 되어 통증을 호소하며 침대 위에 실려 누군가 들어온다. 나도 저런 모습으로 왔을까. 내가 있던 곳은 병원의 6인실이다. 무릎 관절이 좋지 않아 참고 참다가 수술을 감행했다. 수술을 안 하고 버티려고 했는데 도저히 안 될 것 같아서 자식들의 말을 듣고 수술했다. 마취하고, 진통제를 투여해서 간이 뒤집혔는지 피를 빼던 간호사가 나에게 속삭였다. 간 수치가 200이어서 다른 사람과 손잡으면 안 된다고. 간 수치가 떨어지지 않아서 수액을 계속 맞고 있다. 그리고 마취가 풀리던 그때 정말 아팠다.

남편에게 전화가 왔다. 간 수치가 높다고 말을 하니 정이 많은 남편은 눈물이 난다고 했다. 나도 함께 울었다. 남편이 없었으면 정말 서러울 뻔했다. 사람은 아플 때 가장 약해지는 법이니까.

수술하고 3일 정도는 오줌줄을 차고 침대에서 꼼짝을 할수 없었다. 코로나로 인해 외부인 면회도 할 수 없고, 오직 병원에서 일하는 간호사와 간병인들만 왔다 갔다 할수 있었다. 나는 3일이 지나고 일어나서 화장실을 갈 수 있었다. 간호사는 교대로 열을 확인하고, 혈압을 확인한다. 간병인은 수술한 다리가 나을 때까지 물을 떠다 주고, 화장실 가는 것을 도와준다.

한쪽 무릎 수술을 하고 2주 뒤에 다른 쪽 무릎 수술을 하였다. 마취할 때는 통증이 없다가 마취가 풀리면서 통증이 심해진다. 밤이 되었는데 통증 때문에 잠을 잘 수가 없어 까만 밤을 하얗게 새웠다. 울다가 누워 있는 것도 힘들어서 일어났는데, 옆 침대가 비어 있었다. 난 빈 침대에 걸터앉았다. 이제는 하늘나라에 가신 엄마 생각이 난다.
그렇게 다른 한쪽 무릎 수술을 하고 3일이 지나서 화장실을 가는데 꿈만 같았다. 간호 보조사가 환자복 바지 뒤쪽 허리춤을 일으켜 난 보호를 받으며 화장실까지 갔다.

두 다리가 너무나도 아프고, 상체가 무겁다 보니 일어나지를 못하겠다. 간호 보조사는 온 힘을 다해 나를 돕고 간신히 난 일어났다.

이제껏 살면서 이런 대수술을 한 적은 없었다. 한 달 정도는 혼자서 아무것도 할 수 없어 간호사를 의지해야만 했다. 이때만큼은 내가 어린아이가 된 것 같은 심정이었다. 딸 같은 간호사의 도움을 받으며 그 간호사에게 배우는 것이 있었다. "아프시죠? 미안해요." 하며 매번 말했던 간호사의 모습이 아직도 눈에 선하다.

병원에서 아주 많은 환자를 만났다. 연세가 많이 드셔서 말을 못 알아듣고 엉뚱한 소리를 하는 환자도 있었고, 본인의 아집으로 말을 듣지 않는 환자도 있었다. 항상 친절하게 환자들을 대하는 간호사를 보면서 우리 딸들을 떠올린다.

그때는 병원에서 나올 수 없을 것만 같았다. 그런데 시간은 어떻게든 흐르고 어느새 한 달이 지나 퇴원할 때가 되었다고 했다. 어색했던 병원 생활이 어느 정도 적응되어갈 무렵이었다. 그런데 한쪽 다리의 통증이 가시질 않는 것이다. 나는 너무 걱정되는 마음에 의사 선생님께 여쭸다.

"선생님! 내일모레 퇴원을 해야 하는데 한쪽 다리는 아직 아파요. 어떻게 해야 해요?"

"다 나아서 퇴원하는 사람은 없습니다."

그렇게 난 다 낫지 않은 채로 퇴원했다. 모든 게 완벽해 진다는 것은 욕심이다. 시간이 지나고 통증도 점점 없어 지는 것을 느끼면서 과정을 지나야 한다는 것을 느낀다. 그리고 수술하고, 입원하면서 느낀 건 사람은 혼자서는 절대 살 수 없다는 것이다. 서로 도우면서 사는 것이고, 나와 연결된 모든 사람이 소중하고 고맙다는 생각이 들었 다.

몸을 자유롭게 움직일 수 있다는 사실이 이렇게 큰 축복 일지 몰랐다. 건강해서 내 맘대로 몸을 움직일 수 있을 땐 그 소중함을 몰랐었다. 그야말로 뼈를 깎는 고통 후에 느 낀 깨달음이다.

그리고 결국, 모든 것은 지나간다는 사실이다.

가족이라 더 어렵지만

"어머니 우리 집에 오시기 싫은데 오시는 거예요? 정말
그러신 거예요?"

며느리가 전화해서 억울해서 못 견디겠다는 듯 펑펑 운
다. 놀란 마음을 진정시키고 "무슨 말이니?" 했다. 며느리
는 이어 말한다.

큰딸이 며느리한테 전화해서 나이 드신 부모님을 오라
가라 한다고 했단다. 이런 마음으로 시댁에 올 수 없으니
아들만 보내겠다고 한다. 그날은 명절이었다. 전화를 받
는 순간, 현대판 며느리가 탄생하겠다는 생각이 번쩍 들
었다. "무슨 말이니 그게. 내 마음은 그렇지 않으니 함께
와라!" 말했다.

세월은 너무나도 많은 걸 변하게 했다. 아니 백팔십도로 바꾸어 놓았다. 옹기종기 모여 북적이고 살던 시대는 이제 옛날이야기가 되었다. 요즘에는 명절이 오면 며느리들이 명절 공포증에 시달린다고 한다. 집안 식구들이 모두 모여 모든 음식을 차리는 걸 여자들이 하다 보면 명절 공포증이라는 말이 나올 만도 하다. 하지만 이러한 문화도 세월의 흐름과 함께 점점 사라져가는 듯하다.

명절 전날 네 남매가 모였다. 딸들이 결혼하여 가정을 꾸리고 자녀들이 있으면 북적북적한 명절일 텐데…. 명절 때마다 아쉬움이 많이 든다. 더구나 이번 명절에는 며느리와 손자는 안 오고 아들만 혼자 왔다. 세월은 흘러서 많은 변화를 가져왔는데, 식탁에 둘러앉은 식구는 젊은 날에 내가 키우던 자녀들만 있다.

항상 내가 강조하는 말이 있다. 부모를 사랑하고, 형제간에 우애하라는 것이다. 우애하면 모든 것이 잘 풀린다고. 누구나 좋은 관계를 유지할 때, 다 좋게 풀리니 말이다. 맞춰서 살 수 있다는 건 나를 좀 더 내려놓는 일이기도 하다. 서로 이해하고 사랑하며 살 때 더 좋게 되는 것이 아닐까? 그런데 아이들이 성인이 되면서 내 생각과는 다른 생각을 하는 것을 느꼈다. 이런 걸 세대 차이라고 해야 할까?

이럴 때마다 돌아가신 어머니가 생각나는 건 어쩔 수 없다. 이 모든 것들을 겪은 어머니는 어땠을까?

동생이 결혼하고 어머니를 모시고 살았는데, 친정에 가서 보면, 항상 어머니는 뒷전으로 보였다. 손자들이 한참 자라는 때이기도 했지만, 식탁엔 어머니가 좋아하는 건 없었고 조카들을 위한 것만 있었다. 그런데 어머니는 불편한 내색 한 마디 없으셨다. 항상 이렇게만 말씀하셨다. "나는 아들이 좋으니 이곳이 좋다."고. 그리고 어머니는 사람에 대해 일절 나쁘게 말씀하신 적이 없으신 분이셨다. 그래서 나 또한 올케에게 서운한 게 있어도 말을 못하고 살았다. 올케의 성향도 있고, 나름의 사정이 있을 테니. 그래서 마음에 들지 않는 부분이 있어도 꾹꾹 참은 부분도 있었다. 내가 잘해야 어머니한테도 잘할 거 같아서.

딸이 나를 생각해서 한 말인데, 그 말을 듣는 입장은 또 다를 수도 있으니 참 조심스럽기만 하다. 잘하다가도 한 번으로 어그러질 수 있는 것이 사람 관계인데, 가족 관계는 더 예민한 것 같기도 하다. 많은 걸 알고 있다고 생각하지만, 더 모를 수도 있다고 생각해본다.

가족이기에 의지가 되고, 힘이 되지만 또 가족이기에 더 상처가 되는 것도 사실이다. 가깝다고 모든 걸 포용해주는 건 아니고, 그렇게 할 수도 없다. 그래서 더욱 서로 조심해야 한다.

혈연관계는 어쩔 수 없다고 하여도, 생면부지의 남과 만나 결혼하고 가족이 된다. 그 속에서 맞지 않는 부분도 발견하지만, 서로 맞춰 나가면서 가정을 이루어 나간다. 그렇게 한 번 더 삶이 성숙하게 된다. 그 과정을 통해 배우는 것이 많다. 무엇보다 내 맘 같지 않은 사람의 마음에 대해 많이 배운다. 하지만 우리는 그걸 일일이 다 지적하면서 살 수는 없다. 그렇게 맞춰가는 법도 알게 되며, 삶의 희로애락을 느껴간다. 사람 때문에 실망하고 힘들기도 하지만, 또 사람 때문에 오는 기쁨도 크기에…. 특히 가족으로부터 느끼는 안정감과 기쁨은 이에 비교할 수 없기에….

마음에 들지 않더라도, 조금 부족하더라도 포용하는 법을 난 가족을 통해 배운다. 그리고 무엇보다 내 자식들이 서로 재미있게 잘 지냈으면 하는 바람이다.

한 가지 마지막 바람이 있다면

남편은 어렸을 때 여수에서 태어났다. 여수 순천 반란 사건으로 황무지가 된 환경 속에서 혈혈단신으로 자랐다. 또 6·25 전쟁 후유증까지 겪으며 굶주림 속에서 스스로 모든 걸 해나가야만 했다고 한다.

그러한 어린 시절의 배경 때문에 남편이 지금도 가지고 있는 습관들이 있다. 그 습관들이 아직도 나에게는 이해할 수 없을 때가 있기도 하지만, 계속 남편이 겪었던 어린 시절의 일을 생각하며 이해하려고 노력하는 편이다.

그래서인지 남편은 항상 "고맙다"라는 말을 많이 한다. 어려운 시절을 겪고, 아무것도 없었던 자신에게는 세상의 모든 것이 고마운 것이다. 결혼해서 따뜻한 밥상을 차려주면 따뜻한 밥 한 그릇이 얼마나 고마운지 모른다고 말하고, 열심히 노력하며 사는 나를 보며 자식들에게 "엄마가 대단한 사람이여!" 하며 항상 나를 세워준다.

그 남편 덕분에 내가 여기까지 올 수 있지 않았나 한다. 서로가 서로에게 영향을 받고, 또 그 고마움을 아는 것! 그 마음으로 인해 인생이 더 잘 되고, 풍요롭게 하지 않을까. 그런 남편 덕분에 내가 77일 동안 딸과 남미 여행을 갈 수 있었고, 또 그 덕분에 각각의 TV 프로그램 요청을 받아 TV 출연도 할 수 있었다.

KBS의 장수 프로그램인 〈아침마당〉에 출연할 때였는데, 이때는 딸과 나 말고도 다른 출연자들이 많았다. 말을 하면서, 또 들으면서 여행도 다 제각각 원하는 취향대로 한다고 하는 생각이 들었다. 그중에 사위가 캠핑카를 타고 장인, 장모님을 모시고 여행한 이야기가 나의 마음을 사로잡았다. 옛날에 아기를 갖고 싶은 사람이 아기를 훔치고 싶은 충동이 인다는 말을 들었는데, 여행한 이야기의 관심보다 듬직한 사위가 탐이나 물건 같으면 훔치고 싶은 마음이 들 정도였다. 또, 어린 자녀와 함께 손을 잡고 행복해하는 젊은 부부들을 보며 나도 모르게 난 내 딸들을 생각한다.

딸과 함께 남미 여행을 하면서 최고급 호텔에서 머물렀을 때 가족 단위로 오는 사람들을 보며 부러웠다. 그리고 언젠가 나도 대가족을 동원해서 꼭 다시 오겠다고 생각했다. 그게 지금의 칠십을 바라보며 가는 나의 인생에서 가장 간절한 소망이다.

딸들은 각자의 자리에서 자신이 하고 싶은 것들을 이루고 열심히 살아가고, 만족해하고 있지만 그래도 부모로서 옆에서 보기에 항상 안쓰러운 마음이 드는 것 같다. 세월이 많이 변해서 능력 있으면 혼자인 것도 괜찮다고 하지만, 난 계속해서 나이 들어서가 걱정되는 것은 어쩔 수 없다. 지금이야 좋을 수 있지만.
나 또한 지금도 남편과 함께 매일 큰 소리를 내며 싸우는 듯 보이지만, 만약 남편이 없다고 하면 나의 삶은 어떻게 될까? 아찔하다.

모든 게 좋을 때는 혼자여도 괜찮다. 삶의 서러움은 위기가 닥칠 때 느껴진다. 위기는 인생에서 작게 또는 크게 계속해서 오며 우리의 인생을 시험한다. 그걸 함께 넘을 수 있는 사람이 있다는 건 큰 안정감을 준다. 꼭 위기가 아니어도 기쁜 일이 있을 때, 진정으로 축하해 줄 수 있는 '남'이 얼마나 될까? 좋은 일이 생길 때 누구보다 기뻐해 주고, 슬픈 일이 있을 땐 진심으로 서로 나눌 수 있는 게 그게 바로 '가족'이다.

내 인생은 어떻게든 내가 풀어오면서 살았는데, 아직 풀지 못한 숙제가 있다. 딸들의 숙제이다. 내 인생의 숙제는 아닐 수도 있는데, 가족이기에 그리고 딸들의 엄마이기에 그 누구보다 크고, 깊게 느낀다. 어쩌면 딸들 본인보다 내가 더 절실한지도 모르겠다.

세상의 모든 문제가 생길 때 난 기도한다. 그다음은 내려놓고 모든 걸 맡긴다. 내 힘으로 할 수 없기에…. 그러면 자연스럽게 해결되는 걸 많이 경험했다. 어떤 기도는 금방 이루어지는데, 또 어떤 기도는 아무리 간절하게 기도해도 응답이 없는 경우도 있다. 그래도 난 될 때까지 기도할 것이다. 그 무엇보다 강력한 기도의 힘을 믿기에….

나도 딸이었다가 엄마였다가 지금의 나로 살고 있지만! 나로 사는 것도 아주 괜찮고, 재미있는 일이라고 말하고 싶지만, 딸들은 나로 충분히 살아봤으니 엄마의 삶도 누려봤으면 좋겠다는 생각이 든다.

엄마의 삶은 꽤 재미있고, 신나는 일이니까!

나로 살아도 괜찮아

2022년 11월 1일 초판 1쇄 발행

지은이 이명희

편집.디자인 조헌주

표지 일러스트 임사라

교정.교열 조헌주

펴낸곳 베라북스

출판등록 2022년 9월 19일 제2022-000003호

이메일 berabooks@naver.com

*이 책은 충청북도, 충북문화재단의 후원을 받아 문화예술육성지원 사업의 일환으로 지

원받아 발간되었음